中国文化知识文库

古代戏曲名著

徐 潜 / 主 编

张 克 崔博华 / 副主编

李秀萍 孙颖瑞 / 编 著

吉林出版集团 吉林文史出版社

图书在版编目（CIP）数据

古代戏曲名著／徐潜主编．—长春：吉林文史出版社，2013.3（2025.9重印）

ISBN 978-7-5472-1479-4

Ⅰ.①古…　Ⅱ.①徐…　Ⅲ.①古代戏曲-戏曲文学-文学欣赏-中国-通俗读物　Ⅳ.①I207.37

中国版本图书馆 CIP 数据核字（2013）第 062778 号

古代戏曲名著
GUDAI XIQU MINGZHU

主　　编	徐　潜	
副 主 编	张　克　崔博华	
责任编辑	张雅婷	
装帧设计	映象视觉	
出版发行	吉林文史出版社有限责任公司	
地　　址	长春市福祉大路 5788 号	
印　　刷	唐山富达印务有限公司	
版　　次	2013 年 3 月第 1 版	
印　　次	2025 年 9 月第 5 次印刷	
开　　本	720mm×1000mm　1/16	
印　　张	8.75	
字　　数	250 千	
书　　号	ISBN 978-7-5472-1479-4	
定　　价	68.00 元	

序　言

　　民族的复兴离不开文化的繁荣,文化的繁荣离不开对既有文化传统的继承和普及。这套《中国文化知识文库》就是基于对中国文化传统的继承和普及而策划的。我们想通过这套图书把具有悠久历史和灿烂辉煌的中国文化展示出来,让具有初中以上文化水平的读者能够全面深入地了解中国的历史和文化,为我们今天振兴民族文化,创新当代文明树立自信心和责任感。

　　其实,中国文化与世界其他各民族的文化一样,都是一个庞大而复杂的"综合体",是一种长期积淀的文明结晶。就像手心和手背一样,我们今天想要的和不想要的都交融在一起。我们想通过这套书,把那些文化中的闪光点凸现出来,为今天的社会主义精神文明建设提供有价值的营养。做好对传统文化的扬弃是每一个发展中的民族首先要正视的一个课题,我们希望这套文库能在这方面有所作为。

　　在这套以知识点为话题的图书中,我们力争做到图文并茂,介绍全面,语言通俗,雅俗共赏。让它可读、可赏、可藏、可赠。吉林文史出版社做书的准则是"使人崇高,使人聪明",这也是我们做这套书所遵循的。做得不足之处,也请读者批评指正。

编　者

2012 年 12 月

目 录

伟大的戏曲家关汉卿与元杂剧

　　关汉卿，元代杂剧作家，与马致远、郑光祖、白朴并称为"元曲四大家"，是中国古代戏曲创作的代表人物。《窦娥冤》《救风尘》《望江亭》《拜月亭》等是他的代表作。关汉卿的杂剧内容具有强烈的现实性，弥漫着昂扬的战斗精神。关汉卿生活的时代，社会动荡不安，阶级矛盾和民族矛盾十分突出，他的剧作深刻地再现了社会现实，充满着浓郁的时代气息。

一、中国 13 世纪的大戏剧家

关汉卿，号已斋叟，元朝大都人，太医院尹，是中国文学史和戏剧史上最伟大的作家之一。

关汉卿的剧作深刻揭露了元代社会的黑暗，是元代残酷的民族压迫和阶级压迫的一面镜子。关汉卿一生共写作了 67 部杂剧，现留存于世的仅有 18 部。按题材内容，大致可分为三类：社会剧、爱情剧和历史剧。关汉卿娴熟地运用元代杂剧的形式，在塑造人物形象、处理戏剧冲突、运用戏曲语言诸多方面均有杰出的成就。关汉卿是位伟大的戏曲家，被后人尊为"元曲四大家"之首。关汉卿的戏剧创作在中国戏剧史和文学史上占有重要的地位。

13—14 世纪是中国元朝统治时期，戏剧家关汉卿就生活在这一时期。由于记载关汉卿的生平资料匮乏，只能从零星的记载中窥见其大略。据元代后期戏曲家钟嗣成《录鬼簿》中记载：关汉卿，大都人，太医院尹，号已斋叟。因此，关汉卿很可能是元代太医院的一个医生。也有人说他是祁州（在今河北）或解州（在今山西）人。

关汉卿长期居住在都城大都里，曾在皇家医院任职，但是他对医术并不感兴趣，对编写剧本却十分热衷。他机智幽默、风流倜傥、博学多才、擅长吟诗，他还喜欢吹箫、弹琴、舞蹈、下棋、打猎等各种技艺。关汉卿是一位熟悉勾栏伎艺的戏曲家，后人说他"生而倜傥、博学能文、滑稽多智、蕴藉风流，为一时之冠"。

当时，元朝政治黑暗腐败，社会动荡不安，阶级矛盾和民族矛盾十分突出，冤案多得数也数不清，百姓的生活困苦不堪。关汉卿非常同情生活在社会底层的老百姓，他经常深入社会底层，了解人民疾苦。关汉卿体恤百姓，熟悉民间语言，同时他又具有较高的艺术修养，这都为他的创作注入了活力。那时，元朝正流行一种戏剧，叫"杂剧"，杂剧在内容上丰富了民间说唱故事，而且广泛反映了社会现实，达官贵人和普通百姓都很爱看杂剧。关汉卿借助元杂剧这种艺术形式来揭露现实的黑暗，寄托自己的社会理想。他编写的杂剧不是为了给贵族消闲作乐，而是为了诉说百姓的疾苦。

关汉卿的剧作深刻揭露了元代社会的黑暗，是元代残酷的民族压迫和阶级压迫的一面镜子。关汉卿的代表作《窦娥冤》写一个弱小无靠的寡妇窦娥，在贪官桃杌的迫害下，被诬为"药死公公"，斩首示众。窦娥的冤案具有典型意义，作家以"人命关天关地"的高度和社会责任感，提出了封建社会里"官吏无心正法，使百姓有口难言"这个带有普遍意义的问题，强烈地控诉了封建制度与民为敌、残民以逞的罪恶。"有日月朝暮悬，有鬼神掌着生死权。天地也，只合把清浊分辨，可怎生糊突了盗跖、颜渊？为善的受贫穷更命短，造恶的享富贵又寿延，天地也！做得个怕硬欺软，却原来也这般顺水推船。地也，你不分好歹何为地？天也，你错勘贤愚枉做天！哎，只落得两泪涟涟。"第三折《滚绣球》一曲，通过窦娥血泪的控诉，引起人们对封建社会的现实秩序与传统观念的怀疑，将窦娥悲剧的意义升华到一个新的高度。

在《鲁斋郎》中，作家写鲁斋郎在光天化日之下先后强占银匠李四和中级官吏张珪的妻子，而清官包拯却必须瞒过皇帝，把"鲁斋郎"的名字改成"鱼齐即"才能斩首。在《望江亭》中，杨衙内凭借皇帝赐予的势剑金牌便可以为所欲为，到潭州杀人夺妻。这些剧作批判的矛头，有意无意地指向最高的封建统治者。在《蝴蝶梦》中，倚仗皇亲的葛彪以农民王老汉冲撞他的马头为借口，三拳两脚将他打死后便如无事人一般扬长而去。而王老汉的儿子因替为父报仇，打死葛彪仍须偿命。作家通过这一不合理的官司，提出了"使不着国戚皇亲，玉叶金枝；便是他龙孙帝子，打杀人要吃官司"这样闪烁着民主主义光辉的思想。在《救风尘》《金线池》《谢天香》中，关汉卿描写妓女的不幸遭遇，为这些被侮辱与被损害的下层妇女喊出了要求自由、要求平等的心声："我看了些觅前程俏女娘，见了些铁心肠男子辈，便一生里孤眠，我也直甚颓""你道是金笼内鹦哥能念诗，这便是咱家的好比拟，原来越聪明越不得出笼时"。在《诈妮子》中，贵族小千户用花言巧

语诱惑了婢女燕燕，转眼就爱上别人，使燕燕的身心承受极大的痛苦。在《拜月亭》中，尚书王镇反对女儿无媒自聘，逼女儿撇下了重病卧床的丈夫，硬把她从客店里拉回去。关汉卿杂剧中的这些描写，深刻反映了封建社会官民之间、男女之间、主婢之间、父女之间种种不合理的现象，批判了"三纲五常"的封建伦理道德。

关汉卿创作的剧作，不仅深刻反映了社会现实，而且还弥漫着昂扬的战斗精神。关汉卿在世时就是戏曲界的领袖人物，他的杂剧不仅在当时鼓舞了劳动人民反抗压迫的斗争，而且对后来的戏剧创作有着巨大的影响。

关汉卿一生共写作了67部杂剧，现留存于世的仅有18部。关汉卿非常善于塑造典型人物形象、刻画人物深邃复杂的心理，在中国古典戏剧作家中，还没有一个人能像他一样塑造出如此众多和鲜明的人物形象。

在关汉卿的笔下，写得最为出色的是一些普通妇女形象，窦娥、妓女赵盼儿、杜蕊娘、少女王瑞兰、寡妇谭记儿、婢女燕燕等，各具性格特色。她们大多出身卑微，蒙受封建统治阶级的种种凌辱和迫害。关汉卿描写了她们的悲惨遭遇，刻画了她们正直、善良、聪明、机智的性格，同时又赞美了她们强烈的反抗意识，歌颂了她们敢于向黑暗势力展开搏斗、宁死不屈的英勇行为，在那个特定的历史时代，奏出了鼓舞人民斗争的主旋律。关汉卿剧作中的妇女形象，在整个中国文学史上都是极为突出的。

关剧还深刻揭露了一小撮骑在人民头上的封建统治者横行霸道、贪赃枉法的丑恶行径，为我们展现了一幅封建统治阶级的"百丑图"。这其中有权豪势要、皇亲国戚、贪官污吏、土豪劣绅、衙内公子、鸨母嫖客、流氓地痞……由这些人织成一张元代社会的大黑网，正在捕掠着一个个弱小无辜的生命。像权倾朝野、"嫌官小不为，嫌马瘦不骑，动不动挑人眼、剔人骨、剥人皮'的鲁斋郎'"；"我是个权豪势要之家，打死人不偿命"、"只当房檐上揭片瓦相似"的恶霸葛彪；草菅人命的贪官桃杌和心狠手毒的张驴儿；"花花太岁为第一，浪子丧门世无对"、倚仗"势剑金牌"为非作歹的杨衙内；玩弄女性的官僚子弟周舍；逼女为娼的老虔婆李氏，这些骑在人民头上为所欲为的人，正是元代社会各种黑暗势力的代表人物。关汉卿揭露这些人本性的恶毒和本质的虚弱，在

文学史上也是空前的，表现了一个人民戏剧家鲜明的爱憎与战斗的本色。

关汉卿还在历史剧中塑造了各种英雄人物形象，像《单刀会》《单鞭夺槊》《哭存孝》《西蜀梦》等，这类戏以赞颂英雄业绩为主，展开正义和非正义的冲突。如在《单刀会》中，作者歌颂了忠心耿耿维护汉家事业的关羽；《西蜀梦》通过关、张的阴魂托梦刘备，要求他起兵报仇，突出了关、张虽死犹生的气概；《单鞭夺槊》塑造了著名的草莽英雄尉迟敬德的形象；在《哭存孝》中，谴责李克用在取得军事胜利后诬杀功臣良将的行为。在这些历史剧中，关汉卿赞美正义，歌颂英雄的业绩，表现了一个正直戏剧家的爱憎，这和他在其他剧作里所体现的精神是一致的。

关剧是中国古典戏曲艺术的一个高峰。关汉卿娴熟地运用元代杂剧的形式，在塑造人物形象、处理戏剧冲突、运用戏曲语言诸方面均有杰出的成就。

关汉卿的剧作把塑造正面主人公放在首要的地位。《窦娥冤》自始至终把戏集中在窦娥身上，先写她悲惨的身世，继而展开她和流氓地痞的冲突，再集中写贪官污吏对她的压迫，最后写她的复仇抗争。《单刀会》中烘托关羽的英雄气概，即便关羽未上场也产生了先声夺人的强烈效果。在中国文学史上，还没有一个戏曲家像关汉卿那样塑造出如此众多而又鲜明的艺术形象。像妓女赵盼儿、宋引章、杜蕊娘、谢天香等各具不同的个性。同在鲁斋郎的压迫下，都有着妻子被掠占的不幸遭遇，但中级官吏张珪和工匠李四对事件的态度就截然不同。在《窦娥冤》《望江亭》《拜月亭》《西蜀梦》《诈妮子》等剧里，出色的心理描写打开了作品人物内心世界的窗扉，成为塑造主要人物形象不可缺少的艺术手段。

在处理戏剧冲突方面，关汉卿善于提炼激动人心的戏剧情节。这里有善良无辜的寡妇被屈斩而天地变色的奇迹（《窦娥冤》）；有单枪匹马慑伏敌人的英雄业绩（《单刀会》《单鞭夺槊》）；有忍痛送妻子去让权豪霸占的丈夫（《鲁斋郎》）；有让亲生儿子偿命而保存前妻儿子的母亲（《蝴蝶梦》）；有被所爱的人抛弃而被迫为他去说亲的婢女（《诈妮子》）。这些情节看来既富有传奇色彩，又都是扎根在深厚的现实土壤里的。关剧紧凑集中、不枝不蔓，省略次要情节以突出主要事件。《窦娥冤》在这方面最为突出，它除用楔子作序幕，交代窦娥身世外，接下的四折戏都帷幕启处见冲突。至于窦娥的结婚、丈夫的病死等事件均一笔带过，甚至连窦娥丈夫的名字作者都吝于交代。关剧善于处理戏剧冲突还表现在它的过场戏简洁，戏剧场面随步换形，富于变化。这在《望江亭》《拜月亭》《单鞭夺槊》《哭存孝》诸剧尤为突出，如《哭存孝》剧中，刘夫人到李克用处为李存孝说情，眼看李存孝就要得救了，突然刘夫人出去看打围落马的亲子，李存信乘机进谗，存孝随即被车裂。这样处理戏剧场面，摇曳多姿，变化莫测，出乎观众意想之外，又在情理之中，效果十分强烈。

关汉卿的语言风格是汲取大量民间生动的语言，熔铸精美的古典诗词，创造出一种生动流畅、本色当行。关汉卿的元曲被称为本色派，关剧的本色语言风格首先表现在人物语言的性格化上，曲白酷肖人物声口，符合人物身份。如窦娥的朴素无华，赵盼儿的利落老辣，宋引章的天真淳朴，谢天香的温柔软弱，杜蕊娘的泼辣干练，皆惟妙惟肖，宛如口出。语言切合人物的身份性格，这是关剧艺术描写上的一大特色。关剧本色的语言风格还表现在作者不务新巧，不事雕琢藻绘，创造了一种富有特色的通俗、流畅、生动的语言风格。像《窦娥冤》中这段普通的说白："（正旦云）婆婆，那张驴儿把毒药放在羊肚儿汤里，实指望药死了你，要霸占我为妻，不想婆婆让与他老子吃，倒把他老子药死了。"这样朴素无华的说白，多么像窦娥这个封建社会里小媳妇的声音，从中我们几乎看不到任何加工的痕迹，就像生活本身那样自然、贴切、生动，正是这些再平凡不过的话语，鲜血淋漓地揭示了这个从小就给人做童养媳的小媳妇屈辱的地位与悲惨的命运。关剧在词曲念白的安排上也恰到好处，不愧是当时戏曲家中一位"总编修师首"的人物。

作为世界文化名人，关汉卿是中国的骄傲，按照《祁州旧志》可以断定关汉卿是"祁之伍仁村"（今河北省安国县内）人。这里面还有一段轶事：

《祁州旧志》说，伍仁村里有座庙，庙旁有座高房基，那就是关汉卿的老屋。想当年，尽管汉卿高才博学，但一生坎坷，没有谋得一官半职，他就把不满都用笔写了出来。相传，他最后写的一个剧本是《西厢记》，可惜还没写完就过世了。因此，人们在晚上经过关坟，总能听见关汉卿哀哀不止的哭声。有一天，一位名叫董君章的状元特意去吊唁关汉卿，也听到了哭声，十分吃

www.hezhici.com

惊。后来他发现了关汉卿的《西厢记》遗稿十六出，就对着关坟说"已斋叟，我知道了您痛苦的原因，您是在记挂着这本尚未写完的《西厢》。您老就请放心吧，我一定试着为您续完它！"董状元带走了遗稿，关坟中的哭声也就停止了。董状元续写好《西厢记》后，使得此剧风行天下。

关汉卿是个多才多艺的人，他自己说一生中万事"不曾落人后"，终身具有一种进取、顽强的精神。他百般珍惜人生美好的时光，立誓说"恰不道人到中年万事休，我怎肯虚度了春秋！"因此，他"会围棋、会蹴鞠、会打围、会插科、会歌舞、会吹弹、会咽作、会吟诗"。当时流行的一切文艺体育项目，他样样精通。这种广泛的兴趣和爱好，成为他创作的生活基础。

一位天才决然不会是孤立无援的，在他身边必然有一大批哺育天才、辅助天才的人。以关汉卿为核心的"玉京书会"，便是一个负有盛名的书会。其中容纳和吸引了一大批热爱戏剧创作和批评的知识分子，这些知心朋友像众星捧月一样环拱着关汉卿。

杨显之是关汉卿的"莫逆之交"。所以关汉卿只要是写了东西，都要请杨显之一起来推敲字句、斟酌文情。杨显之提的意见往往又相当中肯，往往稍微增删一些字句，调整一下结构，便会使剧本增色不少。所以关汉卿称这位"寰宇知名"的朋友为修补剧本的"杨补丁"。

梁退之是关汉卿的是一位世交好友。此人虽做官做到知州，谈起文章来只崇尚韩愈、柳宗元的风格，提起诗歌来就把李白、杜甫崇拜得五体投地，写起词来连苏轼等人都不放在眼里，但却特别喜欢关汉卿的剧本。高兴起来，他和关汉卿饮酒宰羊，拥翠听戏，无所不至，恨不得连肥马轻裘都不分你我。

关汉卿是位伟大的戏曲家，后人将他列为"元曲四大家"之首。关汉卿的戏剧创作在中国戏剧史和文学史上占有重要的地位，被称为"元杂剧的鼻祖"；关汉卿在世界文学艺术史上也享有盛誉，被称为"东方的莎士比亚"。1958年，曾作为世界文化名人，在中外展开了关汉卿创作700周年纪念活动。同年6月28日晚，国内至少有一百种不同的戏剧形式，1500个职业剧团，同时上演了关汉卿的剧本。他的剧作被译为英文、法文、德文、日文等，在世界各地广泛传播。

古代戏曲名著

二、元的文化和元代文人

（一）元代的文化

元代是一个极辉煌又极混乱的时代，元代社会一个重要的、与文学发展关系最为密切的现象，是蒙古统治者对科举的轻视。在元代，儒家的独尊地位和它的思想统治力量比较前代都受到了严重的削弱，造成思想界相对松动和活跃的局面，使得大批文化人失去了优越的社会地位和政治上的前途，从而摆脱了对政权的依附。他们作为社会的普通成员而存在，通过向社会出卖自己的智力创造出谋取生活的资料，因而既加强了个人的独立意识，又加强了同一般民众尤其是市民阶层的联系，他们的人生观念、审美情趣，由此发生了与以往所谓"士人"明显不同的变化。当蒙古王朝统治北方以后，许多文人士大夫失去了固有的地位，生活方式出现多样化，不少"名公才人"加入了市井伎艺的团体。如"玉京书会"就是元前期活跃于大都的一个写作剧本和唱本的团体，关汉卿便是其中的成员。王实甫、马致远也都可以说是专业的剧作家。正是以他们为代表的一些杰出作家，在宋金以来的杂剧、院本和诸宫调的基础上，发展出元杂剧这一成熟的戏剧形式。

元代的历史并不长，但在整个中国文学史上，元代文学却呈现出异常活跃而繁荣的面貌，它对于认识中国文学的发展趋向有重要意义。由于社会内部经济、文化诸多条件的变动，促使文学同大众传播媒介结合，戏曲、小说成为新兴的文学样式，走在中国文学发展进程的前沿。戏曲与小说，无论在题材、内容或美学形式方面，都直接受到读者或观众（主要是市民）的制约，表现出世俗生活的众生相及其美学情趣，为中国文学增添了新的东西，体现了中国文学的原创活力。而传统的文学样式——诗、词、文，仍与知识阶层的生活与心理有密切关系，也不同程度地受到来自通俗文学的冲击和影响，呈现出某些新的特点。元代文学的这些特征对后世文学的发展产生持久的影响。

在元代文学中，首先异军突起的是杂剧，它标志了中国戏剧的成熟。前人又把元杂剧与元散曲合称为"元曲"，与唐诗、宋词并举，各作为一代文学中最具有特色的代表。像其他民族的文学一样，中国在其文明的早期已存在构成戏剧的诸多要素——歌舞、表演及叙事形式等。

在南方地区，自南宋以来还流传着一种用南方曲调演唱的戏剧，称为"戏文"或"南戏"，其体制、声腔、乐器、风格与杂剧均有不同。元代南戏仍旧只流行于东南沿海地区，繁兴程度远不如杂剧，留存的作品也很少。其中较重要的有《荆钗记》《白兔记》《拜月亭》《杀狗记》，这些作品的作者大多很难确定，题材主要依据长期流传民间的故事。其伦理意识及生活情趣更具世俗性。至元代末年，高明写的《琵琶记》，通过赵五娘、蔡伯喈的家庭悲剧，比较深入地反映了封建时代的某些伦理问题和社会问题。由于文人的参与，南戏的创作水平同样得到了大幅度的提升，并预示着它将进一步兴起。

元代另一种饶有新鲜意味的文学类型是散曲。它和杂剧中的唱词使用同样的格律形式，具有相近的语言风格，是"元曲"的一部分。作为一种新的抒情诗体，它既承继了传统诗词的某些元素，又鲜明地体现出元代文学的新精神。从内容上看，散曲比传统诗词大大开拓了表现范围。多半由元代特殊的文学氛围所决定，作者的视野延伸到富于活力、多姿多彩的市井生活。思想性的历史进步意义集中体现在描写爱情的题材上。像曾瑞的《黄钟醉花阴·怀离》套数写了一个女子对昔日罗曼史的回忆，迸出这样的句子："待私奔至死心无憾。"与以前的诗词比较，令人有石破天惊之感。同样，当我们读到名伶珠帘秀《正宫醉西施·无题》套数："便是牡丹花下死，做鬼也风流。"可见元代社会思想确实出现某种变革，使妇女的心灵得到自由的呼吸，尽管这种变革仅限于一定的地区和阶层。在众多的咏及妓女的作品中，作家不仅反映了她们的痛苦和对真正爱情的憧憬，还对她们在情场中种种情感的弱点表示同情。这些作品所体现的对于人性开放的宽厚态度，是以市井社会的生活形态与生活观念作为其基础的。

诗歌，在元代并没有失去其"正宗"地位，它仍然是广大知识阶层表达思想情感、人生追求、审美趣味的主要文学形式。特别在表现重大的人生思考、深刻的精神活动方面，诗歌具有其他文学形式所不能替代的地位。元诗的作家与作品都很客观，它不仅反映了百年间动荡、复杂的社会状况，反映了不同时期中知识阶层的精神面貌，而且对认识中国诗歌的发展趋势及其与新兴文学样式之间的关系，都有特殊的价值。

对于元代以后的文学，过去评论者很强调"雅文学"与"俗文学"的区别，这当然是很有必要的。但同时必须注意到这两者之间，并不存在截然分裂的现象。正如我们前面指出的，所谓"俗文学"的兴盛与发展，离不开文人士大夫的参与；所谓"雅文学"，也深受社会变化、市俗意识的影响。

（二）元代文人

元代社会由于蒙古统治者的民族歧视政策和对科举的轻忽，使得大批文化人失去了优越的社会地位和政治上的前途，从而摆脱了对政权的依附。从一代大儒董仲舒献"天人合一"说将儒家推上独尊的宝座开始，从短命的隋炀帝不经意间创设科举制开始，读书便成了下层百姓"摇身变凤凰"的最佳途径。做一个"清贫"的书生成了一种时尚，一种傲视他人的资本。于是，只要条件稍能允许，才俊们就会走"学而优则仕"的道路——"书中自有千钟粟，书中自有黄金屋，书中自有颜如玉"。对于习惯了安邦治国平天下、衷心于儒家之道的文人来说。历史走到元代，像被沟坎拌了一跤，改了频率。"两耳不闻窗外事，一心只读圣贤书"准备苦读报国的书生们突然发现，远在草原尚未开化野蛮的蒙古人竟然闪电般骑到了自己的头上，代替了原本要报的"国"。他们愕然：蒙古人不像那些曾经出现在历史上的少数民族政权，依靠汉族精英巩固自己的政权，他们无视汉民族积累了千年的文化，任凭自己的铁骑风卷残云般扫过闪着光的精美瓷器一样的各种文明。

稳定下来后，元朝统治者迅速将全国各族百姓划成四个等级，高高在上的自然是蒙古人，但第二等竟然是弱小而且落后，不过是早早依附蒙古的色目人，最后一等才是原南宋统治下标准的汉族人。当他们正稳下心神，想待价而沽时，想在胡人的朝堂上展示文明力量的文人们被眼前的场景惊呆了，在彪悍的马上

抡着弯刀取得天下的蒙古人强硬的做法，让他们甚至怀疑自己的眼睛。这仅仅是开始，接着运转了几百年的科举考试突然被停止，社会上流传起了这样的行业排名：一官、二吏、三僧、四道、五医、六工、七猎、八尼、九儒、十丐。

这些本来要成为宰相，成为尚书，成为国家砥柱的读书人，在"学而优则仕"这个奇怪的体系被剥除后，发现自己变得一无是处，沦落为乞丐一样的人。他们的才华再也无法用到济世救民上了。一个可怕的事实，书生们除了已有的满腹的诗书，几乎没有其他来源维持生计。流连于山水的高洁已成"画饼"。这群将要创造出"伟大"的不幸者只能浪迹于大邑通衢的勾栏戏院，靠填词作曲混一口饭吃。身在其中，他们终于看到了一直就生活在最底层的奴仆歌伎们的悲惨生活。如同宋代的歌台楼榭，借柳永之手开拓了宋词悲欢离合的气象一样，那血淋淋的人生终于渗入了元代文人的桀骜之心。这些落魄的书生，终于把自己的才情甚至身心完全投入进戏曲——原本是维持生计的行当之中。

这是文化的大幸，却是他们的不幸。正是如此，今天才有了朴实凝练却让我们低首慨叹的《天净沙·秋思》，才有了格式奇特又让我们忍俊不禁的《咏叹调·高祖还乡》，才有了让世人深信"天下有情人终成眷属"的《西厢记》，才有了"此恨绵绵无绝期"的《梧桐雨》，才有了感动天地的《窦娥冤》和奇异浪漫的《倩女离魂》，才有了以短短百年的创作却足以和盛唐的诗、两宋的词并肩的元曲。

他们作为社会的普通成员而存在，通过向社会出卖自己的智力创造出谋取生活的资料，因而既加强了个人的独立意识，也加强了同一般民众尤其是市民阶层的联系，他们的人生态度、审美情趣，由此发生了与以往所谓"士人"明显不同的变化。而即使是曾经步入仕途的文人，其中不少人也存在与统治集团离异的心理，并受到整个社会环境的影响，他们的思想情趣同样发生了类似的变化。这对元代文学的发展具有关键性的作用。

短短百年里，这些文人都或多或少地捧出了自己呕心沥血、足以垄断一个时代的作品，让元曲得以与淬炼了三百年的唐诗、宋词同列。而擎着八斗的文采却只能混迹于勾栏舞榭，为生计奔波，这大概就是一种混乱吧！元代的这些伟大的不幸者却轻松地跨越时空，鲜明地活在他们的作品之中，引着一批又一批的求索者去寻找他们的意义。

古代戏曲名著

三、元杂剧

（一）元杂剧的形成

元杂剧是在前代戏曲艺术即宋杂剧和金院本的基础上发展起来的一种戏剧样式。它的最初出现大致是在金末元初，其间它经历了从不完备到完备的发展过程。杂剧体制的完备、成熟并开始兴盛起来是在蒙古王朝称元以后。到了成宗元贞、大德年间，杂剧的创作和演出进入鼎盛时期。

杂剧最初流行于北方，以大都（今北京）为中心，遍布河南、河北。受方言的影响，它有不同的声腔流派，魏良辅《南词引正》说杂剧声腔有中州调、冀州调和小冀州调。这种北方声腔的剧种，很快流行于全国。元杂剧是在金院本和说唱诸宫调的基础上，由于现实的要求、群众的爱好，大大扩大了题材和内容而发展起来的，它翻开了我国戏曲史上辉煌灿烂的一页。

（二）元杂剧兴盛的原因

在元代社会发生重大变化的情况下，文人也发生分化。特别是元初，民族矛盾和阶级矛盾十分尖锐，从文人的地位上看，元代统治者轻视文人。当时有所谓"九儒十丐"的说法，在十等级的人中，知识分子属于九等。由于废除科举考试制度近七十余年之久，堵塞了知识分子的进身之路，所以中下层文人通往的仕途之路被无形中缩小了，生活水平也随之下降。他们既不能从事生产，又无法得到富贵功名。除了少数依附元朝统治者的官僚外，这就使大多数知识分子和普通人一样，遭到各种迫害，因此，他们和人民的关系比较密切。部分文人和民间艺人结合，组成书会，把自己的才能贡献给杂剧的创作。杂剧的兴起，为知识分子开辟了道路，他们既可以写故事，展示才华，创造艺术，也能解决自己的温饱问题。于是作家们进一步接近下层人民，积极反映广大人民的

古代戏曲名著

14

生活和斗争。一部分文人还和民间艺人结合组成书会，从事杂剧的创作。书会的组织、民间艺人和文人的合作对元杂剧的兴盛起到了促进作用。部分文人熟悉人民的生活和语言，了解社会的黑暗和政治腐败，在学习民间文艺的过程中，提高了自己的创作才能，创作出大量优秀的剧本，推动了杂剧的繁荣发展。

从经济条件方面看，戏曲是一种群众性文学艺术活动，必须以相对繁荣的社会经济为基础，绝大多数研究者都肯定元代城镇经济的相对繁荣是元杂剧兴盛的物质基础。宋、金、元城市经济的发展为杂剧的兴盛准备了充裕的物质条件。适应统治阶级宴乐和广大市民的文化要求，南北各大城市都出现了各种伎艺集中演出的勾栏瓦肆，特别是作为都城的开封、大都、杭州等地更为繁盛。同时，在农村也常常开展戏曲活动，节日、庙会是农村的演出日，一些著名演员也经常到各地演出。这样就保持了戏曲在发展过程中同广大人民群众的密切联系。杂剧产生和发展，主要原因是"适应新兴的市民阶层对文化生活的要求，是当时经济发展的必然产物"。

此外，元朝疆域广大、交通发达，加强了国际和国内各民族之间的沟通与交流。各民族之间的文化交流，特别是北方诸民族乐曲的传播，对杂剧的兴盛也有一定的作用。

（三）元杂剧的创作

元代的杂剧创作和演出十分繁盛。但由于古代对戏剧的轻视，这方面的资料既少又凌乱，很难统计出作家作品的数字。从个别资料来看，元代有姓名可考的剧作家有一百多人，剧目七百多种。现存的元杂剧的数量，有一百六十二种。元杂剧题材极为丰富，广泛涉及元代社会生活的各个方面，折射出那一时代文人的精神世界。明人朱权曾把杂剧分为十二种（见《太和正音谱》），近代学者则主要把它分为爱情婚姻剧、社会剧、历史剧、公案剧、神仙道化剧等几大种类。

元杂剧一般以大德年间（1297—1307 年）

为界，分为前后两期。前期是元杂剧的高度繁盛时期，作家、作品的数量相当可观。当时演剧活动最集中的城市是京城大都，此外在真定、汴梁、平阳、东平等经济繁荣的城市以及这些城市周围的乡村地区演出也十分活跃。关汉卿、王实甫、马致远、白朴等是元杂剧前期最重要的作家。后期杂剧作家大都集中于东南沿海城市。南北统一以后，东南沿海城市经济发展迅速，北方城市的地位明显降低，所以引起北方杂剧作家纷纷南下。在作家阵容、作品数量方面，后期明显不如前期，但有些作品的思想与艺术具有时代与地域的特色，如秦简夫的《东堂老》就是一例。其他重要作家有郑光祖、乔吉等。

（四）元杂剧的形式

1. 四折一楔子的结构形式

元杂剧结均比较紧凑，一般分四大段落，称四折，个别也有五折。"折"相当于现在的所谓幕，一折又可以分几场，是按演员的上下场，出现空场为准。因折之外还需要交待一些情节，就加一个楔子。楔子一般放在第一折的前面，作为剧情的开端。也有放在折与折之间的，类似过场戏。也有前面和中间加两个模子的。四折一楔子的结构形式，划分的依据是：①折是音乐单元，每折唱一个宫调里的一些曲牌，组成一套，因折共有四套曲子，每套曲子里，唱词只用一个韵脚，不换韵，曲牌的次序排列也有一定的规矩。②"折"除了音乐的含义外，它还是戏曲矛盾冲突发展的自然段落。一个戏的矛盾冲突总是包含开端、发展、高潮、结局四个段落。因此第一折往往是戏剧的开端，第二折是矛盾的发展，第三折是高潮，第四折是矛盾的解决。

2. 旦本与末本表演体制

元杂剧的角色大致可分为旦、末、净、杂四类。旦是女主角，也叫正旦，此外还有副旦、外旦等。末是男主角，相当于京剧里的生，也称正末，末还有副末、小末等。净扮演刚强、凶恶或滑稽的人物，有男有女。元杂剧中丑也包括在净中，不像后来的京剧，丑另作一类。杂包括孤（官员）、细酸（书生、穷秀才）等。元杂剧四折由一个演员唱到底。女主角主唱的本子为旦本戏，男主

古代戏曲名著

角主唱的本子为末本戏。这种一人主唱体制的优点，从编剧角度来说，它利于塑造主要人物形象，但也有明显的局限性。一个人主唱太累，其他人没事干，苦乐不均。同时也影响其他人物内心世界的揭示，不利于突出主题。元杂剧后期也有突破旦本、末本框框的。

3.杂剧剧本内容的三个组成部分

一是曲词。它是元曲的主体，主要作用是抒情，也可以起渲染场景、贯穿情节的作用。二是宾白，宾白就是说白。元杂剧以唱为主，以说为辅，所以把道白叫宾白。宾白有散语，也有韵语，韵语可以是诗词，也可以是顺口溜。宾白又分对白、独白、旁白、带白。宾白主要作用是交待剧本的故事情节。所谓曲词抒情，宾白叙事。同时次要角色利用宾白还可以插科打诨，即以逗笑调解气氛，或对反面人物进行讽刺。三是科范，科范是规定演员主要动作表情及舞台效果的。此外，元杂剧的道具，称为"砌末"。剧本结尾有题目正名，它是概括全剧的联语，最末一联是剧本的全称。

（五）元杂剧的艺术成就

元杂剧的艺术特色，概括说来，有以下几点：

第一，元杂剧在艺术上首以真实与自然取胜。戏剧面对的是观众，要使观众相信看到的艺术虚构是真实的，就要以真情实感来打动读者或观众。所以王国维在《宋元戏曲考》中称元曲是中国文学史上最自然的文学。

第二，元杂剧是诗化了的戏剧。元杂剧是歌舞相结合的戏曲，又是诗剧。元杂剧吸收了我国传统诗歌的表现手法，将叙事、写景、抒情结合在一起。这就是借助唱词——抒情诗，来构成意境，由此作用于观众的想象，展开剧情的矛盾冲突。元杂剧并不像西方的古典戏剧，恪守"三一律"。关于时间、空间的处理，杂剧的作者与表演者都是通过剧情的发展，利用抒情唱词，形成意境后，让观众去想象。元杂剧的舞台一般不设置逼真的布景（仅用少量道具，如桌椅等），戏剧中

的事件背景，尽可能通过唱词与演员的表演来体现。演员结合剧情的发展，灵活地运用表演程式，再现剧中的意境，从而使观众有身临其境之感。可以说元杂剧的真、神、美，是通过唱词的诗一般的意境来体现的。

第三，语言的通俗与口语化。元杂剧的用语很通俗，这种"通俗"，又不完全用的是自然状态的口语，而是经过提炼的文学语言，形成了雅俗共赏的语言。这种戏曲语言的特点就是介于"文与不文"之间。这种语言朴素自然，又具有生活气息，使人感受到一种独特的美学趣味。元杂剧的这种特色，是中国文学史上所独见的。

总之，元人杂剧的兴盛繁荣是我国戏曲史上的黄金时代，后期杂剧南移，暴露了它的不少缺欠，如内容上战斗性的减弱、平庸、雷同，以及封建说教和神仙道化一类的东西日益充斥。艺术上的模拟前人，或追求词句华丽而渐失通俗、本色。但它的许多长处为南戏所吸收。因此，它的历史作用永远不会消失。元杂剧永远是我国古代文学园地里一枝鲜艳馥郁的奇葩。

四、关汉卿的社会剧

关汉卿一生创作了六十余种杂剧，保存至今的有十八种。按题材内容，大致可分为三类：社会剧、爱情剧和历史剧。

关汉卿兼医生和作家于一身。我们说他在为人治病的同时，又在为社会作诊断、开药方，作为一名医生和戏剧家，关汉卿的社交活动相当广泛。上至达官贵人，下到文人墨客、烟花粉黛、泼皮无赖、三教九流，无不涉及。广泛的社交丰富了关汉卿的人生，使他了解人民生活，更加体恤人民疾苦。他写出大量反映现实生活的戏剧。大约在元末，关汉卿就成为一名全国知名的戏剧作家。

关汉卿具有一位谏官的自觉的责任感，他以希望对朝廷社会有所补益的态度送上一系列剧本。剧本送上去之后，很快就被广泛地传唱开来。演员喜欢演他的戏，观众乐意看他的戏，他在相当长的一个历史时期内，几乎垄断了金元两代宫廷剧本创作。宫廷的需要对关汉卿的创作有着重要的影响，通过献剧，他能了解一些上层社会的内幕，同时又受到一些统治者的赏识和保护。这在客观上刺激了剧本的编写，开阔了他的视野，使得他能把人民的心声通过剧本的形式上传下达，流传四方。

（一）关汉卿的社会剧意义

揭露社会黑暗，歌颂人民反抗斗争精神的这一类就是社会剧，有《窦娥冤》《鲁斋郎》《蝴蝶梦》等。

关汉卿的社会剧大都比较深入地揭露了当时社会最尖锐的阶级矛盾。在《窦娥冤》中，张驴儿父子竟敢在光天化日下借故赖在蔡婆婆家不走，并要挟欺侮她们，却无人伸张正义。在《鲁斋郎》中，鲁斋郎厚颜无耻地抢夺别人的妻子，这种无法无天的抢掠行径使两个原本和睦的家庭

妻离子散，包拯在斩杀他时只能用"鱼齐即"的假名上报朝廷，因为鲁斋郎是一个很有权势和背景的特权人物。在《蝴蝶梦》中，那个"打死人不偿命""只当房檐上揭片瓦相似"的恶霸葛彪，就是作者塑造的一个官位不高但权势极大的"权豪势要"。葛彪在路上因王老汉冲撞了他的马头而打死王老汉，县令和包拯不敢审问他打死王老汉，只审问王家兄弟为报父仇而打死他。

作者让这些权豪势要都受到了应有的惩罚。《窦娥冤》中的张驴儿终于被钉上木驴剐一百二十刀处死。《鲁斋郎》中的鲁斋郎被包拯设计智斩。《蝴蝶梦》中的葛彪当场被王老汉的三个儿子打死。作者在使这些坏人受到惩罚的同时，也歌颂了处于无权地位的人民坚强不屈的反抗斗争。《窦娥冤》中的窦娥最具有代表性，她不但跟地痞无赖张驴儿父子斗，跟昏庸官府斗，跟懦弱的婆婆斗，还跟天地日月鬼神斗，表现了最勇敢最顽强的反抗精神。《蝴蝶梦》中的王母是一个在关键时刻敢于保护别人勇于自我牺牲的慈母，她宁可牺牲亲生儿子以保全前妻的两个遗孤，也要请求官府秉公执法，明确提出"使不着国戚皇亲、玉叶金枝，便是他龙孙帝子，打杀人要吃官司"。她具有很强的反抗精神，当判决由王三抵命时，她吩咐儿子即使到了阴间也要和他父亲齐心"把那杀人贼推下望乡台"，也表现了勇敢的反抗精神。

（二）《窦娥冤》的思想内容和艺术成就

《窦娥冤》的全名是《感天动地窦娥冤》，是关汉卿最为杰出的作品，也是元杂剧中最著名的悲剧。《窦娥冤》写楚州山阳县蔡婆婆丈夫去世，跟8岁的儿子靠放高利贷生活。穷秀才窦天章借她20两银子还不起，就把女儿端云抵债给蔡婆婆做童养媳。端云3岁失母，7岁离父到蔡家后改名窦娥，15岁跟蔡婆婆的儿子成婚，17岁因为蔡婆婆的儿子害病死了而成了寡妇，与蔡婆婆相依为命。蔡婆婆出门向赛卢医讨债，赛卢医不想还债，还企图将蔡婆婆害死，被无所事事的无赖泼皮张驴儿父子救下。张氏父子借此逼迫蔡婆婆和窦娥嫁给他们，窦娥执意不从。张驴儿到赛卢医的药铺讨得毒药准备药死蔡婆婆，不料他父亲误食后，被毒死了。张驴儿趁机诬告窦娥毒杀"公公"。

古代戏曲名著

窦娥面对刑讯拷打，坚强不屈。但蔡婆婆年老体弱不堪刑讯，为了救婆婆，窦娥被迫招认。太守桃杌判她死罪，下在大狱等待斩首。窦娥被绑赴法场，临刑前她发出三桩誓愿：血染白练、六月飞雪、亢旱三年。她死之后，前两桩誓愿立刻应验，后一桩誓愿也得到应验。窦天章受命肃政廉访使前来查访旱情，窦娥的鬼魂托梦给窦天章。窦天章终于查明案情，惩治了张驴儿、赛卢医，使冤狱昭雪。它的故事原型出自《汉书·于定国传》和《搜神记·东海孝妇》，作者直接把这个故事移植到吏治腐败的现实社会之中，但摆脱了一般公案剧或清官戏的窠臼，包容了更丰厚的思想内涵，具有了更强烈的批判功能。此剧主要写封建社会中一个安分守己、纯洁善良的普通妇女的悲剧命运。通过窦娥这位无辜女子被封建礼教、泼皮无赖、贪官污吏戕害致死的悲惨一生，深刻地揭露了封建统治的黑暗腐朽和官吏的凶残与贪婪，热情地歌颂了被压迫者感天动地、勇敢不屈的抗争精神，广泛地反映了元代社会的复杂矛盾及真实面貌。

《窦娥冤》的艺术成就：

1. 成功地塑造了窦娥这一典型的艺术形象。剧中的窦娥善良、正直、勇敢、坚贞，但命运很悲惨。她3岁就失去了母亲，跟父亲相依为命，7岁又因父亲上京赶考，抵债给蔡婆婆作童养媳，这是她悲惨命运的开始。15岁成婚后不到两年又死了丈夫，这使她原本就不济的命运更是雪上加霜。这种不幸的命运并没有把她击垮，她很善良，很怀念已死的丈夫，对出门讨债的婆婆也很牵挂，以至后来在赴刑场的路上还希望不走前街以避开婆婆怕她伤心，刑场上替婆婆着想才被屈打成招，这些都是她善良品质的反映。虽有时也不免有宿命的想法，使她"满腹闲愁"，像说"莫不是八字儿该载着一世愁""莫不是前世里烧香不到头"。这说明窦娥是一个安分守己、与世无争、忍让宽容甚至有点逆来顺受的弱女子。然而她的善良却不是软弱可欺。窦娥在危急关头很有主见，很刚强。她第一次上场唱的套曲，虽更多地表现她的善良，但已包含着一股刚强之气。她说："我将这婆侍养，我将这婆孝守，我言辞须应口。"这表明不论命运如何悲惨，她也将含辛茹苦、不屈不挠地活下去，其中就透出一股刚强坚韧之气。同时这些优秀品质还与一定程度的封建伦理道德观念和在一起，使之成为下层女子的典型代表。

这种性格随着情节的发展变化在她身上

变得越来越强。当蔡婆婆把张驴儿父子带回家时，她听了蔡婆婆想嫁给张驴儿父亲的叙说，就讽刺说"怪不的女大不中留"，她跟婆婆有感情，她很孝顺婆婆，但她有自己做人的原则。张驴儿逼她成亲，她将张驴儿一把推倒在地上，坚决予以回绝。张驴儿父亲死后，他诬陷窦娥，逼她嫁给自己，她坚决不从。张驴儿威吓她去告官，她也不示弱。在公堂上，面对昏官的拷打，她坚贞不屈；在押赴法场上的途中，她依然很坚强地向天地、日月、鬼神发出一连串愤怒的诅咒和质问："有日月朝暮悬，有鬼神掌着生死权。天地也，只合把清浊分辨，可怎生糊突了盗跖、颜渊？为善的受贫穷命更短，造恶的享富贵又寿延，天地也！做得个怕硬欺软，却原来也这般顺水推船。地也，你不分好歹何为地？天也，你错勘贤愚枉做天！哎，只落得两泪涟涟！"写出了窦娥性格的流动性。窦娥从恪守妇道的平凡女子转变为敢于叱天责地、痛斥官府的反抗者，其性格是随着现实矛盾斗争的发展而逐渐变化的，作者对这一转变过程进行了精心描述，既有连续性，又有阶段性，极富层次感。

2. 作者采用现实主义与浪漫主义相结合的创作手法，营造出浓郁的悲剧氛围，收到了良好的艺术效果。《窦娥冤》深刻地揭示了窦娥悲剧产生的社会根源与必然性，反映了封建社会具有本质意义的重大问题，主题鲜明，具有深刻的现实主义精神；而窦娥在刑场上的三桩誓愿竟然一一应验，以及结尾的鬼魂诉冤与清官断案，显然是超现实的幻想性描写，反映了下层民众的美好愿望，带有强烈的浪漫主义色彩，同时也深化了主题，使作品的悲剧气氛更加浓重。

3. 剧本矛盾高度集中、情节紧凑、冲突迭起而又环环相扣。全剧以窦娥的悲剧命运为中心来组织戏剧矛盾，写了形形色色的矛盾冲突，但作者把构思布局的重点放在两条主线上：一条是窦娥与以张驴儿为代表的社会恶势力的冲突；另一条是窦娥与以桃杌为代表的封建官府的冲突，其中又以后者为主，其他的矛盾冲突都服从于主线的安排。这样就使得情节集中，结构谨严。在关目的安排上，作者也是匠心独具，剧情发展既层次分明，给人以移步换形的紧凑感，又高潮迭出，给人以变幻莫测的紧张感，这就使整个剧情显得跌宕起伏、摇曳多姿。

4. 语言通俗平易、明快洗练，形成了独特的雅俗共赏的语言风格，表现了

古代戏曲名著

关汉卿杂剧语言艺术的共同特色。这段曲辞是关汉卿杂剧曲辞的精华。"有日月朝暮悬，有鬼神掌着生死权。天地也，只合把清浊分辨，可怎生糊突了盗跖、颜渊？为善的受贫穷更命短，造恶的享富贵又寿延，天地也、做得个怕硬欺软，却原来也这般顺水推船。地也，你不分好歹何为地？天也，你错勘贤愚枉做天！哎，只落得两泪涟涟"。天地、日月和鬼神，代表着封建社会的根本秩序，但在窦娥面前，却显得那样清浊不辨、怕硬欺软。她认识到官府鬼神不仅不保护善良的人，反而还是黑暗势力的庇护神。她讽刺蔡婆婆，反抗张驴儿，在昏官桃杌面前抗争，质问天地、日月、鬼神，这使她的反抗性格发展到一个新的高度。这诅咒质问标志着窦娥自我意识的觉醒，标志着她对封建社会的根本秩序开始怀疑。能够从最黑暗、最野蛮的元代社会里发现人民大众中蕴藏着这种强烈的反抗情绪，正是关汉卿的伟大之处。这种反抗的声音愈是从弱者口中发出，愈显得强劲有力。窦娥临刑前的三桩誓愿和鬼魂诉冤，是窦娥刚强性格的继续发展。她的反抗不因死亡而结束，"若果有一腔怨气喷如火，定要感的六出冰花滚似绵！"这既表明她不服从天地的主宰，对命运的奋起抗争，也表达了作者对人民力量的认识和对人民胜利前途的信心。窦娥即使做了鬼，她的愤怒仍然没有平息。"我每日哭啼啼守住望乡台，急煎煎把仇人等待"。她为了复仇，进而诅咒上下古今整个封建统治："呀，这的是衙门从古向南开，就中无个不冤哉！"这使窦娥的反抗精神进一步升华。窦娥的善良和刚强性格在正与邪、生与死的斗争中得到充分展示，善良是窦娥内心强大的精神力量，它支撑着窦娥以刚强的性格英勇反抗，至死不屈。这就是此剧之所以"感天动地"的魅力所在。

《窦娥冤》悲剧产生的最初原因是封建社会的经济制度高利贷，推动悲剧发展的是元代野蛮而又混乱的社会秩序，决定这个悲剧结局的则是元代腐败、黑暗的吏治。关汉卿通过这个典型悲剧，批判了整个元代社会。

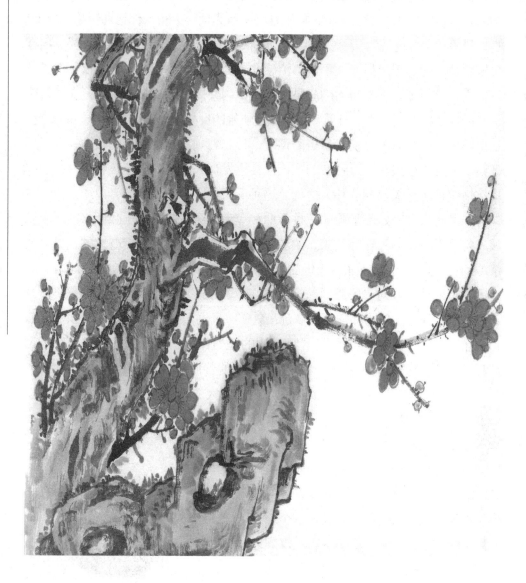

五、关汉卿的爱情剧

关汉卿创作的第二类杂剧是反映妇女悲惨命运并大力颂扬女性在抗争中的智慧和胆略的爱情风月剧，有《救风尘》《望江亭》《谢天香》等。

据史料，关汉卿是个重感情的人。他的妻子死得较早，他写小令追忆说"糟糠之痛忆泪盈眸"，情深感人。他也是个感情丰富的人。他曾到过开封、洛阳等许多地方。关汉卿在杭州的活动，除了游历大好河山、无边风月外，还和江南戏剧界的演员、作家以及出版人都进行了广泛接触。他在这里认识了一位名唤作珠帘秀的名演员，并特别地敬重她。珠帘秀，排行第四，人称"朱四姐"，后辈尊称为"朱娘娘"。她是当时挂头牌的杂剧演员，既能演应工花旦，又能反串皇帝角色，都能深得其妙，艺术上造诣很深。这些名士都爱珠帘秀的容色和技艺，只有关汉卿才真正是爱她的艺德和品格。他在一首《赠珠帘秀》中，句句咏的是珠帘秀，但却借物咏人，声声唱的是珠帘秀其人的脾性面貌。这位重感情而有热爱女性的伟大作家，因为了解女性、同情她们，所以在创作上写出大量反映妇女命运和颂扬女性爱情风月剧。

与关汉卿的社会剧侧重对邪恶势力的揭露和批判不同，关汉卿的爱情婚姻剧着重表现他对普通人民的颂扬和尊崇。在关汉卿的杂剧中，描写爱情婚姻和妇女的作品占有相当的比重。现存的有：《救风尘》《望江亭》《拜月亭》《诈妮子》《金线池》《谢天香》等。关汉卿在这些作品中塑造了赵盼儿、谭记儿和王瑞兰等性格鲜明的妇女形象，反映了元代的社会习俗、婚姻制度和社会矛盾，对妇女，尤其是下层妇女在爱情婚姻上的不同遭遇，寄予深切的同情，并且把她们描写成有崇高灵魂的人物。关汉卿能够在一些地位低微的女子身上发掘出她们美丽、崇高的思想品德，这正是他的进步思想的表现。在这些作品里，关汉卿往往采取对比的方法来刻画这些女子的理想性格：以这些女子作为正义和美好事物的体现者，在她们与邪恶势力的斗争中显示她们性格的光辉；不时地以她们所爱的男子的屡

伟大的戏曲家关汉卿与元杂剧

弱和平庸来突出她们感情上的强烈与专注以及她们在危难面前惊人的勇气。按照这些作品情节和人物性格上的特点，可将它们分为三类加以分析。《救风尘》和《望江亭》为一类，《拜月亭》和《诈妮子》为一类，《谢天香》和《金线池》等又为一类。

关汉卿的杂剧塑造的一系列正面形象，以生活在社会底层的妇女最为突出。他最关注妇女问题，现存十八个杂剧以妇女为主或描写到妇女的杂剧就有十五种之多，占 80% 以上。关汉卿塑造的妇女形象，有妓女，像《救风尘》中的赵盼儿和宋引章、《金线池》中的杜蕊娘、《谢天香》中的谢天香；有丫鬟，像《调风月》中的燕燕；有童养媳，像《窦娥冤》中窦娥；有寡妇，像《望江亭》中的谭记儿、《窦娥冤》中的蔡婆婆、《五侯宴》中的王嫂、《哭存孝》中的邓夫人；有大家闺秀，像《拜月亭》中的王瑞兰、《玉镜台》中的刘倩英、《绯衣梦》中的王闰香；还有母亲，像《陈母教子》中的陈母、《蝴蝶梦》中的王母。尽管她们的社会角色不同，但大多数都处于被压迫、被欺凌的低贱地位，命运都很悲惨。关汉卿不仅描写了她们受压迫、受欺凌的不幸命运，还着重表现了她们身上所具有的机智、勇敢、坚强和善良的优秀品质。关汉卿很少描写温柔敦厚、缠绵悱恻的淑女，也很少描写忍让软弱、逆来顺受的少妇，他更愿意把那些坚毅倔强、敢爱敢恨、敢作敢为，能忍辱负重、甚至略带几分粗野泼辣、身上禀赋正气的女性作为剧作的正面人物。每当社会上的权豪邪恶势力把他们的黑手伸向这些富于反抗精神的妇女时，她们就会勇敢地起来反抗，坚决地同他们作斗争。

（一） 《救风尘》和《望江亭》

《救风尘》写妓女赵盼儿为搭救错嫁给商人周舍的姐妹宋引章，利用周舍好色的特点，与其周旋，骗得休书，使女伴脱离虎口。《望江亭》写年轻的寡妇谭记儿再嫁白士中，与企图娶她为妾，并图谋杀害白士中的杨衙内当面较量，盗得势剑金牌，挫败了杨衙内的阴谋。这两个剧中主要人物的身份和故事的主

古代戏曲名著

要情节都不同。一个是熟谙世事的妓女，为搭救女伴巧施计谋，表现了侠义心肠；一个是曾饱经风霜的寡妇，为保护自己的幸福，制伏了权豪恶霸。但是，这两个剧又有共同特点，不仅人物性格都是在与恶势力的斗争中得到展现，而且，两人的性格又有某些相似的特征。她们老练而有见识，对世事、人情冷暖都有清醒的认识。赵盼儿深知"婚姻事非同容易"，当宋引章被周舍的表面举止迷惑时，她就指出周舍是"影儿里会虚脾"的花街子弟，预言"但娶到他家里，多无半载周年相弃掷"，恳切地劝戒宋引章不要错嫁他。谭记儿的见识，则表现在对自己的婚姻的决定上。她嫁与白士中，虽然带有被臼姑姑竭力撮摄的成分，但她慎重的观察和思考还是起着决定作用的。这两个人物，又都具有机智、勇敢、聪慧、泼辣的特点，她们都毫不畏惧地敢于和强大对手交锋，还能根据对手的特点想方设法，使之失败。权豪势要霸人妻女以及妓女从良出现坎坷，在元代现实中是常见的现象，也普遍地造成一个又一个悲剧，关汉卿这两个剧本都写赤手空拳的弱女子，靠智慧战胜恶势力，侧重于表现正义一方在道德上、精神上对邪恶一方的嘲弄、讥讽和批判。

（二）《拜月亭》和《诈妮子》

《拜月亭》写王尚书之女王瑞兰在战乱中，邂逅书生蒋世隆，二人在患难中结为夫妇。三个月后，被父亲强行拆散。后来蒋世隆考中状元，又被王尚书招为女婿，得以团圆。《诈妮子》写倔强高傲的婢女燕燕委身于答应娶她作"小夫人"的小千户之后，小千户又向另一个小姐莺莺求婚，并要燕燕为他说媒，燕燕在懊恼愤恨之余大闹婚礼。最后，主人让她做了二夫人。这几个剧都是表现女子的婚姻追求及坎坷遭遇，她们为了自己的幸福都作了尽可能的斗争，希望能掌握自己的命运。

这两个剧的剧情是通过波折来揭示这些女子的痴情。王瑞兰虽被父亲"横拖倒拽出招商舍"，但却拆不断她的眷恋深情，日夜思念，深夜烧香祈祷，盼望着早得团圆。婢女燕燕对小千户也很痴情，唯其爱得深，恨之愈切，在小

伟大的戏曲家关汉卿与元杂剧

千户变心以后，她的感情和心理才呈现了复杂而又激烈的矛盾状态，她气愤地咒骂小千户"早寿天都是辜恩负德贼"。但在怨恨中，又表现了难以割舍的苦情；她奉命去为小千户做媒时，还抱着婚事不成的希望，使小千户回心转意；当那位莺莺小姐同意婚事后，她又咒骂她，最后发展到大闹婚礼。这些层次分明而又深入细微的心理刻画，将燕燕的痴情表现得充分而又生动。

（三）　《谢天香》和《金线池》

古代戏曲名著

《谢天香》和《金线池》都是写妓女从良的故事。《谢天香》写妓女谢天香钟情于书生柳永，柳永在进京应试时，要府尹钱可照顾谢天香。钱可为使谢天香脱离乐籍，故意仗势娶她为妾，实际把她禁锢家中。三年后柳永得中，钱可向他们说明真相，柳永与谢天香团圆。《金线池》写杜蕊娘与韩辅臣相爱，由于母亲的挑拨，杜蕊娘误以为韩辅臣另有新欢，赌气不理韩辅臣。最后，府尹出面强迫二人和好如初。这两个剧的主角都是"上厅行首"，她们在追求婚姻幸福的过程中都遇到波折，也有来自外力的干预。但外力的阻挠破坏都没有被强调到最主要的地位。这两个剧中波折的产生都与女主角的心理矛盾有更密切的关系。歌伎的身份和地位是低下的，谢天香把自己比喻为笼中鹦哥，杜蕊娘自叹："我想这一百二十行，门门却是求衣饭，偏俺这一门都是谁人制下的，忒低微也呵！"她们志高，然而命薄，她们为自己的志气而自尊，又为自己的身份而自卑。因此，她们在婚姻上小心谨慎，不肯轻信他人，甚至产生多疑的心理。杜蕊娘一方面深知在世人眼里"则俺这不义之门""恶劣乖毒狠"，但当她误以为韩辅臣另结新欢时，却又觉得受了极大的伤害，以至当她日夜想念的韩辅臣前来赔礼时，她越发气恼，怎么也不肯和好。这种自卑和自尊，总是交织在她身上，这也是一种真实的性格，实际上也反映了这一人物由于处在屈辱的社会地位所造成的无力掌握自己命运的不幸。

关汉卿的描写爱情、婚姻问题和妇女的杂剧揭示了造成受压迫女子坎坷命运的广泛的社会原因：谭记儿受到权豪势要的迫害；王瑞兰几乎成为父亲所坚持的门第观念封建信条的牺牲品；杜蕊娘的母亲把女儿当摇钱树，践踏着女儿的感情和尊严；燕燕之所以受到伤害，直接根源于她的"半良半贱身躯"——奴隶的社会地位。显然，从这些作品所组成的总的画面看，她们的不幸是门第观念、娼妓、奴婢制度、特权阶层的力量等社会因素造成的。这些女子遭受种种痛苦和折磨，并不是由于某些偶然因素所致。关汉卿不仅猛烈抨击了当时社会的黑暗腐朽，同时也对处于封建礼教压迫下的妇女给予最真切的同情。他热情地赞扬了敢于反抗敢于斗争的女性，主张无情地惩罚欺压她们的邪恶势力。

六、关汉卿的历史剧

关汉卿一生创作了六十余种杂剧，保存至今的有十八种。采用历史题材，借以表达作者对现实社会认知的历史剧，有《单刀会》《西蜀梦》等。

（一）关汉卿历史剧的思想内容

关汉卿的历史剧包括《单刀会》《双赴梦》《哭存孝》和《单鞭夺槊》等。这些作品，通过对历史上英雄人物的歌颂，在表现拯物济世愿望的同时，折射出一种悲凉情绪。与关汉卿的社会剧、爱情剧多少显得不同，他的历史剧在反映客观世界时，更加高扬着作家的主体意识。关汉卿是一个有着崇高品质的人。他以三国时蜀汉名将关云长作为自己的祖先和学习的榜样，他在杂剧《单刀会》中精心刻画了这位先祖临危不惧、有勇有谋的崇高形象，尽情抒发了关云长的热血精神。关汉卿把自己的感情、胸襟气派都同先辈的热血精神紧密地联系在一起了。据说：有一次，关汉卿同妻子发生了矛盾，妻子只说了一句："您哪里还像关王大丈夫的样子啊？"关汉卿马上不说话了。可见关羽形象对他影响之深。

关汉卿的历史剧呈现的主体意识，并不表现或者主要并不表现为不看重对史料的依附，在这点上他或许只是继承着由宋代说话人开始的三分"真"七分"假"的创作传统，也就是可以随意"捏合"历史的传统。例如关羽单刀赴会的事迹，在《三国志》和《三分事略》平话中都有记载和描写。《三国志》的鲁肃传中，记载了鲁肃为索取荆州，与关羽相会，并大义凛然地谴责刘备贪而弃义。而《三分事略》的作者则以"尊刘"的观点，渲染了关羽的英武和震慑力量，鲁肃反而变得理屈词穷了。《单刀会》汲取了平话的尊刘立场，在结构具体情节时，却又融入了作者对历史和人生的看法，甚至把它们强赋予

历史人物，而这才是关汉卿主体意识的最重要的表露。

（二）　《单刀会》的鉴赏

《单刀会》是关汉卿历史剧的代表作，在中国戏曲史上也享有盛名。它是一本正剧。写东吴鲁肃为了索还荆州，定下计谋，邀关羽过江赴宴，筵间索讨；倘若不还，则扣下战船，不放关羽回还；若再不给，则暗藏甲士于壁衣之内，以摔金盅为号，擒住关羽，趁机攻下荆州。而关羽仅凭一把大刀，出现在"不是待客筵席，则是个杀人的战场"的宴会上，他拒绝交出荆州，喝退伏兵，挟持鲁肃，安然回到江边。临行前留给鲁肃的话是："说与你两件事先生记着：百忙里趁不了老兄心，急且里倒不了俺汉家节。"既表现出对鲁肃的嘲弄，又流露出高昂的民族自豪感。作者不但把关羽当做一个历史英雄，更主要的是当做一个民族英雄来歌颂，突出地渲染了汉民族的磅礴正气和大无畏的英雄气概。作者为了达到突出关羽的目的，没有按元杂剧末本戏的惯例安排人物出场，而是在第一、二折让乔公和司马徽主唱，通过乔公、司马徽对关羽和蜀汉英雄的夸耀作为铺垫，第三折才让关羽出场，这一别出心裁的构思和先声夺人的写法，把英雄形象烘托得更为高大，使他那维护汉家事业的决心和勇气更加突出、感人。这样写一方面体现了作者对这位远祖的无限敬仰，另一方面也是为了鼓舞人们向民族压迫、民族歧视进行勇敢的斗争。

《单刀会》对关羽的英雄气概和英雄业绩进行了歌颂，剧中写他单刀赴会，慷慨陈词"俺汉高皇图王霸业，汉光武秉正除邪；汉献帝将董卓诛，汉皇叔把温侯灭；俺哥哥合情受汉家基业，则你这东吴的孙权，和俺刘家却是甚枝叶"。凭着这种以刘姓为正统的理由和他勇武的气概，斥退鲁肃，保住荆州。对关羽的不凡仪表、超人豪气和盖世业绩，作者作了多侧面的渲染，无论是乔公的介绍、司马徽的叙述还是关羽的自言，都营造了这位英雄不可战胜的氛围。

（三） 《哭存孝》 的鉴赏

关汉卿的另一个历史剧《哭存孝》描写了五代时的一位英雄——李存孝的悲剧。写五代后唐李克用听信谗言，用车裂英雄李存孝，其妻邓夫人痛哭申诉，终得伸冤报仇的故事。作者赞颂了李存孝忠心耿耿和披肝沥胆的荩臣精神，又追究了造成李存孝悲剧的社会原因，对奸佞诬陷和暗算忠臣的卑劣行径进行了批判。关汉卿在此剧中所抒发的愤懑，显然也包含了对豺狼当道、宵小弄权的元代现实的不满。

元杂剧中写李克用、李存孝父子故事的作品甚多，涉及李存孝的大抵是敷衍他的英雄业绩，《哭存孝》却写了李存孝被车裂而死的悲惨下场。无论是《旧五代史·义儿传》还是《五代史平话》，都记叙李存孝之所以被诛杀，是因为他反叛李克用。《哭存孝》隐去李存孝反叛情节，将他写成始终对李克用忠心耿耿，却遭到冷遇，终被小人构陷，含冤而死。从作家对历史故事情节的取舍和展开，可以发现关汉卿对历史上英雄人物陷于悲剧命运的一种认识，这里除了许多杂剧作品中所共有的"太平不用旧将军"的批评观念外，也掺杂着若干悲凉意绪。剧中李存孝妻子唱词中出现的"半纸功名百战身，转头高冢卧麒麟"，就是与《单刀会》中的悲凉意绪相似和相通的。

关汉卿历史剧中描写的英雄人物——关羽、张飞、李存孝和尉迟恭，都是宋以来俗文学中赞美的人物。这种赞美在不同的程度上传递了民间欢迎这些传奇式的英雄人物的信息，或者说是传递了一种民间百姓的心理和情绪。特别是在战乱动荡、四方不宁的时代，希望有英雄出现抗御外敌、整顿乾坤，更是人

之常情。而关汉卿的这些剧作表现的悲凉情绪则是历史人物经过作家心灵化后折射出来的，无疑是一种开掘。

就关汉卿现存十八种杂剧来看，不论是历史剧还是妇女婚恋剧，作者的善恶、是非、爱憎观念都非常分明。他抨击现实中的邪恶势力，揭露社会黑暗现象，同情广大底层妇女，讴歌勇敢的抗争行为，描写历史上的战争风云，颂扬威武勇猛的英雄人物，倡导高尚的伦理道德，推崇执着的精神意志，拥戴贤明的仁义君主，赞扬公正的清官能吏，所有这些都说明关汉卿既是一位关注现实社会的作家，又是一位具有强烈时代意识的作家，同时还是一位充满激情的理想主义作家。

胜利，对于当时同处于封建社会最底层的人民起而抗争，无疑具有鼓舞作用。其中，作者的倾向性显而易见。赵盼儿这种斗争精神，可以说是关汉卿笔下女性人物的共同特征，虽然反抗的方式不一，反抗的程度不同，但在关汉卿所创作出的女性人物形象中都有不同程度的反映。

3.《望江亭》中的谭记儿

《望江亭》塑造了一个敢于斗争敢于反抗恶势力，为了自己美满幸福的婚姻而赴汤蹈火的女性形象。谭记儿是在谭州做官的白士中的夫人。她聪明、美丽，为此被权豪势要杨衙内看上，杨衙内奏知皇帝，说白士中贪花恋酒，不理公事，骗取了皇帝的金牌势剑，欲取白士中的首级，趁机霸占谭记儿。白士中听到此消息，一筹莫展，而做为弱女子的谭记儿却订下计策来解救丈夫。在一个中秋之夜，杨衙内在去谭州的途中同亲随侍候饮酒。忽然来了一个卖鱼的女子张二嫂，给他献上一尾金鲤鱼，并要亲自为衙内切脍。杨见此女子美丽异常，色心大动，和她一起饮起酒来。酒酣耳热之中许她要娶她做第二个夫人。酒席之间张二嫂和杨一起对对子、填词，更讨得了衙内的欢心，趁着他们酒醉之中，张借口要用杨的势剑，又要了金牌说去打戒指，连文书都骗到手，趁着他们都睡着时，悄悄地乘船走了。杨一行来到谭州捉白士中，可他拿不出势剑金牌，无奈，杨只好向白求和说："如今你的罪过我也饶了你，你也饶了我吧！又一件，只说你有个好夫人，请出来见一面。"等他见到夫人时才恍然大悟，那卖鱼的张二嫂就是谭记儿乔装改扮的。此时皇帝也知杨奏不实，派人到谭州撤了杨的职，白士中，谭记儿夫妇得到了解救。

4. 《调风月》中的燕燕

燕燕是金朝时期洛阳一个贵族家的婢女，不仅聪明伶俐而且性格泼辣。像每个充满追求的年轻姑娘一样，燕燕对自己的未来满怀憧憬。她不甘于自己婢女的处境，但又不愿马马虎虎的嫁人，生怕被坏男人骗了。这一天主人家来了个客人小千户。燕燕奉夫人之命去服侍他。小千户对燕燕可谓一见钟情，而一向"冰清玉洁难侵犯"的燕燕也一下子就爱上了他。燕燕把小千户看成是自己理想中的"好郎君"，嫁给他以后自己也将从此摆脱奴隶的命运。谁知这个道貌岸然的公子哥又爱上了贵族小姐莺莺，燕燕发觉上当受骗后既恨且悔，百感交集。拜堂的大喜日子，淤积在燕燕胸中的怒火终于爆发出来。宾客满座，燕燕公然指着小千户和新娘，把两个新人痛骂一顿，与此同时还将小千户如何欺骗自己的丑恶嘴脸公之于众。而遗憾的是关汉卿最终鉴于当时的社会背景及制度，不忍将燕燕推下泥沼，只得委屈让燕燕迫于主人的压力嫁给小千户为妾。

从人物性格的发展来看，燕燕完全可能在喜堂上大打出手，但后果不堪设想，在当时的社会，被奴役的人们最终也逃脱不了下地狱的命运，这对于当时的文人是个深刻而又令他们无可奈何的主题。而我们在读这部作品时，剧本的语言生动贴切，对人物的塑造也很成功。关汉卿把燕燕这个婢女放在最令她狼狈的位置，在激烈的冲突中来加以刻画，自己不愿做的事却因为自己婢女的身份无法拒绝，正是利用这种尴尬的境遇，关汉卿把一个既泼辣又软弱的女性形象写得有血有肉，通过作者对人性的体察与了解，写出了燕燕在低贱地位时的无奈、不甘与渴望改变的心情。由此那个不甘为奴的鲜明的女性形象跃然纸上。

关汉卿笔下的女性，都非常美丽动人，既有女性的温柔，又有刚毅的意志，而且聪明机智，沉着干练。她们敢于和恶势力斗争，对爱情真挚专一，而且往往行动大胆，扮演主动角色，为了争取婚姻幸福，她们可以做出惊天动地的斗争。可以说关汉卿的爱情剧中的女性形象个个光彩照人。关汉卿对于女性问题的关注，不是单纯地悲悯她们的不幸遭遇，而是重视她们的觉醒和觉醒之后的斗争，并对她们进行充分的肯定和热情的歌颂。

从不屈不挠的窦娥，到机智勇敢的赵盼儿，以至美丽机变的谭记儿，她们都不是作者虚构的幻影，而是生活在社会中实实在在的人。她们虽然处在社会的底层，处于被侮辱与被损害的境地，却敢于同压迫者进行不屈不挠的反抗，凭着生活中磨炼出来的机智、灵活的个性，最终取得斗争的胜利。

七、关汉卿杂剧的艺术成就

（一）在创作章法方面

1. 在创作方法方面

关汉卿的杂剧以现实主义为主。关汉卿现存杂剧的题材既有以现实生活为主的，如《救风尘》《望江亭》《金线池》，对时代与人生进行了真实的描绘，对元代的生活图景进行了全面的展现；也有以历史人物或历史故事为主的，如《单刀会》《西蜀梦》《玉镜台》《裴度还带》，也就是说，关汉卿现存的杂剧题材绝大多数是历史上已有的材料，但对于历史素材，作者进行高度概括和提炼，选取典型事件或具有感染力的场面、人物进行敷衍，有时还把不同朝代的事件、人物综合在同一作品中，假借非元代的背景描写元代的现实，对社会现实中一些带有本质意义的问题进行了深刻的揭示。他的杂剧忠实地记录了自己的时代，具有强烈的现实主义精神；或淡化模糊剧作的时空概念，遗形取神，去芜存真，从而达到为剧作主题服务的最终目的。不但如此，由于关汉卿对人生的热爱，对理想的憧憬，他的作品有时也赋予人物和情节以浪漫主义的色彩，突出了被压迫者的反抗意识和斗争精神，体现了积极乐观的人生态度，闪烁着理想的光辉。

2. 在剧作结构方面

关汉卿的杂剧情节具有惊险性、曲折性、偶然性以及在大情节中增加一个小情节的特点。这样使剧作情节显得既简洁又完整。关汉卿杂剧的结构基本上是按剧作情节的发展变化来安排的，剧情有发生、发展、高潮和结尾四大部分，结构相应的就由四个环节组成，这种结构很紧密，可以说是一种单线结构，如《救风尘》。关汉卿的杂剧结构大多缜密而精巧，紧凑而多变，富于戏剧性效果，具有引人入胜的魅力。其作品大抵都能做到结构完整，开阖自如，首尾照应，开头

不拖沓，结尾不松懈；能根据生活发展的逻辑和主题的需要来安排故事情节，收到了突出主干、深化主题的效果；戏剧冲突一环紧扣一环，悬念迭出，剧情的发展往往既出人意料之外，又在情理之中。

3. 在戏剧语言方面

关汉卿向以本色当行著称，他是元代杂剧作家中本色派的代表人物。所谓本色是指语言质朴自然、生动活泼，既具有浓厚的生活气息，又富有典雅的艺术韵味，"文而不文，俗而不俗"，毫无雕琢的痕迹。体现在他的杂剧语言的形象、浅显、生动，接近现实生活原貌，是从现实生活中而不是从书本上提炼出来的。所谓当行，是指善于运用语言来刻画人物，无论是曲词还是道白，皆符合人物的身份、地位，充分体现了人物语言的个性化。通过人物语言和行动语言等表现人物的情感和心理。正如王国维《宋元戏曲考》中所说："关汉卿一空倚傍，自铸伟词，而其言曲尽人情，字字本色，故当为元人第一。"

（二）在人物塑造方面

关汉卿的杂剧创造了一大批栩栩如生、性格鲜明的人物形象，如写权豪势要的，有鲁斋郎、葛彪、杨衙内；写风尘妓女的，有赵盼儿、宋引章、杜蕊娘、谢天香；写威武英雄的，有关羽、张飞、尉迟恭、李存孝；写弱小寡妇的，有窦娥、谭记儿、王嫂；写清官廉吏的，有包拯、钱大尹；写贪官庸吏的，有桃杌；写书生的，有蒋世隆、韩辅臣、裴度；写小姐的，有王瑞兰，大大丰富了中国古代戏剧文学形象的画廊。关剧中活跃着众多风神独具的戏剧人物，其中最为光彩夺目的，是来自社会各个阶层的女性形象。他的杂剧不但能写出不同阶级或阶层的人物的不同特点，而且能写出同一阶层人物的不同风貌，有时甚至写出了人物性格的丰富性和立体感。关剧塑造正面人物的基本手法是把戏剧主人公置于尖锐的矛盾冲突中，凸现其在典型环境中的典型性格；在塑造反面形象时，关汉卿常常运用夸张、变形的漫画式手法，暴露他们卑鄙无耻的丑恶嘴脸。

关汉卿一生写了六十多种杂剧，在现存的十八种杂剧中，大多数作品反映了妇女的悲惨遭遇，塑造了一个个栩栩如生的女性形象，如《窦娥冤》中的窦娥，《救风尘》中的赵盼儿，《望江亭》中的谭记儿等等。

1. 《窦娥冤》中的窦娥

窦娥是大家所熟悉的悲剧人物形象。她深受封建压迫，是个苦难深重的妇女，在她的性格当中，既有善良温顺的一面，又有性情刚烈的一面。她7岁因为抵债被迫做了童养媳，成亲不久又死了丈夫。她对生活没有什么过高的要求，相信天命，遵守礼教，这就是封建社会被压迫妇女的典型性格，可以说此时的窦娥是以逆来顺受的态度来对待生活的。当张驴儿强占窦娥的阴谋不能得逞后，他便把窦娥推上公堂。张驴儿贿赂太守桃杌，在严刑拷打之下，打破了窦娥的幻想，残酷的现实使她觉醒，她的反抗精神和斗争性格也逐渐发展起来。她不仅把矛头指向桃杌这样的贪官污吏："这都是官吏每无心正法，使百姓有口难言。"而且，也把矛头指向了封建社会具有至高无上权威的天地。窦娥指天骂地，实际上是对黑暗的封建社会发出了强烈的控诉和抗议，是对封建统治秩序的批判与否定。喊出千千万万受压迫者的心声。窦娥临行前立下的三桩誓愿也是一种反抗的方式，在昏庸的官吏面前，她有口难言，只好借用这种方式来证明自己负屈含冤的无辜。她的冤屈不能为官吏所明，却能感天动地，三桩誓愿的实现，证明她的冤屈，也对黑暗的统治进行了强烈的抗议与挑战，表现了窦娥的强烈反抗性格。在第四折戏中，作者又安排窦娥的鬼魂出现，向窦天章诉说冤屈，窦娥活着不畏强暴，死后仍不放弃斗争，据理力争，终于冤案得到平反昭雪，正义终于战胜了邪恶。在窦娥的身上，寄寓了人民的理想，闪耀着反抗的理想光辉，从而使这一女性形象至今光彩不灭，永昭人间。

2. 《救风尘》中的赵盼儿

赵盼儿是一个机智、聪慧、具有侠肝义胆的女性形象，她用妓院中卖笑调情的手段去解救沦落于风尘之中的姐妹，凭着她的机智、勇敢取得了斗争的胜利。富家子弟周舍是风月场中的老手，他看上了汴梁城里的一个歌伎宋引章，用哄骗的手段将宋引章引入他的圈套，准备娶她回家。不想，宋引章早已答应嫁给书生安秀实，安秀实无奈，只得向宋引章的结拜姐妹赵盼儿求救。此时的宋引章

已被周舍的甜言蜜语和虚伪的奉承迷住了，执意要嫁给周舍，赵盼儿苦苦相劝无效。周舍把宋引章娶回郑州，一进门先打她五十杀威棒，以后更是朝打暮骂，几乎要把她折磨死。她只好捎信向赵盼儿求救。赵盼儿得信之后，没有因其不听劝说而耿耿于怀，而是认为姐妹之间的情义高于一切，打扮得漂漂亮亮，备好衣服行李赶往郑州去救宋引章。赵盼儿找到周舍，施出风月手段，讨得了周舍的欢心，迫使周舍休了宋引章。宋引章拿到周舍的休书找到赵盼儿，两人马上赶路回汴京。周舍找不到赵盼儿，才知道自己上当受骗了，一路追赶而去，夺回了休书，不过那是赵盼儿事先准备好的假休书。周舍恼羞成怒，拉着她们去告官，赵盼儿拿出周舍亲笔写的休书，最后郑州太守判周舍杖六十，宋引章仍归安秀实为妻。赵盼儿的形象在这场斗争中表现得非常突出，作为一个妓女，她非常明白自己的处境，长期的风尘生活，使她对那些衣冠子弟的内心和本性有着十分清醒的认识。她也曾想弃妓从良，但所有富家子弟都是虚情假意，逢场做戏，对此，她的认识比较深刻。所以当她听说宋要嫁周舍时，她曾鼎力相劝，当宋有困难向她求救时，她挺身而出。不顾个人的安危向周舍进行挑战。作为一个妓女，她无钱无势，她所拥有的只是美丽和机智。在她的周密计划之下，终于取得了斗争的胜利。在斗争中她始终占据主导地位，主动出击，节节胜利。而有钱有势的富家子弟周舍只能钻入她的圈套，被她牵着鼻子走。卑贱的小人物通过斗争取得胜利，对于当时同处于封建社会最底层的人民起而抗争，无疑具有鼓舞作用。其中，作者的倾向性显而易见。赵盼儿这种斗争精神，可以说是关汉卿笔下女性人物的共同特征，虽然反抗的方式不一，反抗的程度不同，但在关汉卿所创造的女性人物形象中都有不同程度的反映。

3.《望江亭》中的谭记儿

《望江亭》塑造了一个敢于斗争敢于反抗恶势力，为了自己美满幸福的婚姻而赴汤蹈火的女性形象。谭记儿是在谭州做官的白士中的夫人。她聪明、美丽，为此被权豪势要杨衙内看上，杨衙内奏知皇帝，说白士中贪花恋酒，不理公事，骗取了皇帝的金牌势剑，欲取白士中的首级，趁机霸占谭记儿。白士中听到此消息，一筹莫展，而作为弱女子的谭记儿却订下计策来解救丈夫。在一个中秋之夜，杨衙内在去谭州的途中同亲随侍候饮酒。忽然来了一个卖鱼的女

 古代戏曲名著

子张二嫂，给他献上一尾金鲤鱼，并要亲自为衙内切脍。杨见此女子美丽异常，色心大动，和她一起饮起酒来。酒酣耳热之中许她要娶她做第二个夫人。酒席之间张二嫂和杨一起对对子、填词，更讨得了衙内的欢心，趁着他们酒醉之中，张借口要用杨的势剑，又要了金牌说去打戒指，连文书都骗到手，趁着他们都睡着时，悄悄地乘船走了。杨一行来到谭州捉白士中，可他拿不出势剑金牌，无奈，杨只好向白求和说："如今你的罪过我也饶了你，你也饶了我吧!又一件，只说你有个好夫人，请出来见一面。"等他见到夫人时才恍然大悟，那卖鱼的张二嫂就是谭记儿乔装改扮的。此时皇帝也知杨奏不实，派人到谭州撤了杨的职，白士中、谭记儿夫妇得到了解救。

4.《调风月》中的燕燕

燕燕是金朝时期洛阳一个贵族家的婢女，不仅聪明伶俐而且性格泼辣。像每个充满追求的年轻姑娘一样，燕燕对自己的未来满怀憧憬。她不甘于自己婢女的处境，但又不愿马马虎虎地嫁人，生怕被坏男人骗了。这一天主人家来了个客人小千户。燕燕奉夫人之命去服侍他。小千户对燕燕可谓一见钟情，而一向"冰清玉洁难侵犯"的燕燕也一下子就爱上了他。燕燕把小千户看成是自己理想中的"好郎君"，嫁给他以后自己也将从此摆脱奴隶的命运。谁知这个道貌岸然的公子哥又爱上了贵族小姐莺莺，燕燕发觉上当受骗后既恨且悔，百感交集。拜堂的大喜日子，淤积在燕燕胸中的怒火终于爆发出来。宾客满座，燕燕公然指着小千户和新娘，把两个新人痛骂一顿，与此同时还将小千户如何欺骗自己的丑恶嘴脸公之于众。而遗憾的是关汉卿最终鉴于当时的社会背景及制度，不忍将燕燕推下泥沼，只得让燕燕迫于主人的压力嫁给小千户为妾。

从人物性格的发展来讲，燕燕完全可能在喜堂上大打出手，然而后果不堪设想，在当时的社会，被奴役的人们最终也逃脱不了下地狱的命运，这对于当时的文人是个深刻而又令他们无可奈何的主题。而我们在读这部作品时，剧本的语言生动贴切，对人物的塑造也很成功。关汉卿把燕燕这个婢女放在最令她狼狈的位置，在激烈的冲突中来加以刻画，自己不愿做的事却因为自己婢女的身份无法拒绝，正是利用这种尴尬的境遇，关汉卿把一个既泼辣又软弱的女性形象写得有血有肉，通过作者对人性的体察与了解，

写出了燕燕在低贱地位时的无奈、不甘与渴望改变的心情。由此那个不甘为奴的鲜明的女性形象跃然纸上。

吴汉卿笔下的女性，都非常美丽动人，既有女性的温柔，又有刚毅的意志，而且聪明机智，沉着干练。她们敢于和恶势力斗争，对爱情真挚专一，而且往往行动大胆，扮演主动角色，为了争取婚姻幸福，她们可以做出惊天动地的斗争。可以说关汉卿的爱情剧中的女性形象个个光彩照人。关汉卿对于女性问题的关注，不是单纯地悲悯她们的不幸遭遇，而是重视她们的觉醒和觉醒之后的斗争，并对她们进行热情的肯定和歌颂。从不屈不挠的窦娥，到机智勇敢的赵盼儿，以至美丽机变的谭记儿，她们都不是作者虚构的幻影，而是生活在社会中实实在在的人。她们虽然处在社会的底层，处于被侮辱与被损害的地位，却敢于同压迫者进行不屈不挠的反抗斗争，凭着生活中磨炼出来的机智、灵活的个性，最终取得斗争的胜利。

汤显祖与《牡丹亭》

　　汤显祖是我国明代著名戏曲作家，他在世界文学史上都有着重要的地位，被誉为"东方的莎士比亚"。汤显祖的代表作《牡丹亭》是戏曲史上一部具有里程碑意义的传奇作品，作者将传说故事同明代社会的现实生活结合起来，表达了当时广大青年男女要求个性解放，要求爱情自由、婚姻自主的呼声，揭露了封建礼教对人们幸福生活和美好理想的摧残，具有强烈的反礼教、反封建色彩。

一、汤显祖——"东方的莎士比亚"

（一）汤显祖生平简介

汤显祖是我国明代著名戏曲作家，字义仍，号海若，又号若士，自署清远道人，江西临川人。他生于明世宗嘉靖二十九年（1550），卒于明神宗万历四十四年（1616）。他是中国文化史上最富有哲学气质的文学家之一。无论在中国还是在世界文学史上都有着重要的地位，被誉为"东方的莎士比亚"。

汤显祖出身于书香之家，祖辈都是封建文人，没有做过什么大官。汤显祖从小就天资聪颖，且刻苦读书。"童子诸生中，俊气万人一"，12岁时，他的诗作即已显出才华，14岁便补了县诸生，21岁就中了举人。邹迪光《临川汤先生传》中说："于古文词外，能精乐府、歌行、五七言诗；诸史百家而外，通天官、地理、医药、卜筮、河籍、墨、兵、神经、怪牒诸书。"拥有这样才质学识的汤显祖在仕途上可以说是一片大好。但是，在当时的明代社会已经处于衰败的阶段，科举考试中的腐败现象俯拾皆是，考试成了上层统治阶级为自身牟取私利的途径，也成了确定贵族子弟世袭地位，获得高官厚禄的幕后交易场所，想依真才实学达到晋升是不可能的。在万历五年和万历八年的两次会试时，当朝炙手可热的首辅张居正要安排他的几个儿子张嗣修进士及第，遍招海内名士与张嗣修交往，而为了遮人耳目，就想找几个有真才实学的人做幌子，以表明他的清白。当打听到海内最有名望的举人无过于汤显祖和沈某等人，就派了自己的叔父去笼络他们。声称只要肯同宰相合作就让他们的名次排在头几名。此招一出，沈某等人一方面碍于宰相庞大的势力，一方面又无法抵抗功名利禄的诱惑，就答应了张居正的要求，果然中了高科；但汤显祖洁身自好，不肯趋炎附势，没有为之所动。他虽然并不反对张居正的政治改革，但作为一个正直刚强的才子，他憎恶这种腐败的风气，因而先后两次拒绝了张居正的笼络，汤显祖也因此两次落第不中。在张居正当权的时候，他一直没能受到公正的待遇。

古代戏曲名著

但汤显祖刚正不阿的品格和高洁的操守，却得到有识之士的广泛赞扬。张居正死后，张四维、申时行相继被任为宰相，他们也曾以翰林的地位拉拢汤显祖成为自己的党羽，都遭到了拒绝。

万历十一年（1583）汤显祖34岁时以极低的名次中了进士，开始了他不顺利的仕途生活。他先在北京礼部见习，第二年以七品官职在南京任太常博士，而且一住就是七年。自永乐以来，南京是明朝的留都，虽然各部衙门俱全，但在实际上并无任何权力，所以汤显祖的太常博士也只是个没有什么实权的闲职罢了。正因当职时没有什么公事可做，也为汤显祖自己研读诗书提供了充裕的时间。当时南京是文人云集的地方，各地优秀的文人如徐霖、陈大声、何良俊、金在衡、臧懋循等都汇集至此。汤显祖，一方面和这些著名人士切磋诗文、词曲，一面自己潜心研究学问。这种恬淡自得的生活正同当初因投靠张居正而在此时被严加处分的文人形成鲜明的对比。

建立了两百多年统治的明王朝，到了汤显祖所生活的嘉靖、万历年间，已是千疮百孔、腐朽不堪。万历十六年（1588），南京在遭到连年饥荒之后，又发生大规模的瘟疫，"白骨蔽江下"是当时悲惨景象的真实写照。当时汤显祖在南京任礼部祠祭司主事，在少年时就希望能为国家，为百姓做一番大事的汤显祖于万历十九年（1591）毅然上疏《论辅臣科臣疏》，抨击万历登基二十年的朝政，弹劾权臣首辅申时行和科臣杨文举等人，揭露他们贪赃枉法、欺掠饥民的罪行。此文一出震惊朝野，明神宗龙颜大怒，汤显祖遭到严重的政治迫害，被谪到广东徐闻县做典史。一年后遇赦，移任浙江遂昌做知县。在遂昌任职期间，他清廉简朴，体恤民情，下乡劝农，兴办书院，抑制豪强，平反冤狱，驱除虎患，压制强豪，还在除夕释放监狱中的囚犯和家人团聚，元宵节让他们上街观灯。这些局部政治改革的成功，使浙中这块僻瘠之地面貌大为改观，桑麻牛畜都兴旺起来。然而在遂昌五年，政绩斐然、百姓拥戴的汤显祖，却遭到上级官吏的诬陷和地方势力的反对。黑暗的现实既堵塞了他施展个人抱负的道路，也浇灭了他依赖明君、贤相匡正天下的政治热情。万历二十六年（1598），听说朝廷将派税使来遂昌扰民，汤显祖不堪忍受，向吏部递了辞呈，也不等批准，就怀着满

汤显祖与《牡丹亭》

45

腔悲愤，回到老家临川玉茗堂寓所，这时他49岁。后来，吏部和都察院以"浮躁"为由正式给他一个罢职闲住的处分时，已经是三年之后的事了。

就在汤显祖弃官回家的这一年，他完成了代表作《牡丹亭》，此后家居十八年，主要过着以文墨自娱、教子养亲的生活。仕途的受挫使他把全部希望寄托在戏曲创作上。他的《南柯记》（1600）、《邯郸记》（1601）继早期的《牡丹亭》和《紫钗记》（1587）之后刊行，并在各地演出。继承元代杂剧优秀传统的汤显祖以此四部成就"临川四梦"（又称"玉茗堂四梦"）构成一幅明末社会的现实图景。

汤显祖一生仕途历经坎坷，虽然政治抱负无法实现，但他那些把批判与理想诉诸笔端的反映时代生活的作品却成为人们传唱不衰的经典。

（二）汤显祖思想主张

在哲学上，汤显祖接受古代优秀的文化思想，特别是在当时历史条件下接受了资本主义萌芽时期反理学、反传统、反专制的思想。

汤显祖初受祖传家风的影响，祖父曾劝儿孙弃官学道，祖母也常诵读经书。明代中期，随着资本主义萌芽的出现，在哲学上，出现了何心隐、罗汝芳、李贽等杰出的思想家，他们在政治上锋芒毕露，虽观点并不完全相同，但都以翻天覆地的雄心和气概，痛斥口谈道德而心存富贵的伪君子，并以"非圣无法"自命。汤显祖曾师承泰州学派的罗汝芳，直接体悟了泰州学派的一些进步主张。这一派学者继承了王守仁哲学思想中积极的部分并加以发展，抨击程朱理学，怀疑封建教条，反对束缚个性，认为"百姓日用即道"，带有比较浓厚的平民色彩。汤显祖在南京任官期间，又与杰出的反封建斗士、激进的思想家李贽和佛学禅宗大师紫柏交往密切，推崇他们为"一雄一杰"。他们的哲学主张给汤显祖以极大的影响，促使他形成了反对程朱理学、追求个性解放的思想。同时他早年就喜欢看佛道两家的书，深受佛道思想的熏染。晚年更是潜心佛学，又因政治生涯屡遭挫折，更易滋生消极出世、视尘世如梦幻的思想，这在他的《邯郸记》《南柯记》及部分诗文里都有表现。他自称"偏州浪士，盛世遗民"，说

"天下事耳之而已，顺之而已"。

在政治上，汤显祖反对专政统治，关心民生疾苦，主张宽简仁厚，对朝政的黑暗腐败极为不满，对现实有着比较清醒的认识，形成了他政治品格上不愿与专制的统治者同流合污的反抗性和斗争性，因此也被人称之为"狂奴"。

汤显祖一生蔑视封建权贵，宁淡泊一生，也不愿与之同流。早年参加进士考试，因拒绝当朝权贵张居正的招揽而落选。中进士后，又拒绝当时执掌朝政的张四维、申时行的拉拢。在南京时，他不和当时已很有声名的王世贞、王世懋兄弟往来，甚至在王世贞举行的公宴上谢绝和诗，反而与抨击当时腐败政治的东林党人高攀龙、邹元标、顾宪成等人交往甚密，从来往的书信中可以看出他们在批评朝政时有着共同的立场。汤显祖推崇海瑞和徐渭这样"耿介"或"纵诞"的人物。晚年淡泊守贫，不肯与郡县官周旋。《明史》记他"意气慷慨""蹭蹬穷老"，颇能概括其生平之要。

在文学上，汤显祖崇尚真性情，反对假道学，把情与理放在对立地位上而尊情抑理；同时崇尚"自然灵气"，反对模拟因循，与公安派反复古思潮相呼应。

汤显祖在文学思想上与徐渭、李贽和袁宏道相近，极力反对"前后七子"的复古主张，提倡抒写性灵，"歌诗者自然而然"。汤显祖所处的时代，文坛为拟古思潮所左右。早在嘉靖时代，文坛上就盛行着李梦阳、何景明为首的"前七子"倡导的"文必秦汉、诗必盛唐"的风气；万历期间，以王世贞、李攀龙为首的"后七子"步其后尘，有加无已。汤显祖21岁时，"后七子"首领李攀龙已去世，但另一首领王世贞继续为文坛盟主，且"独操柄二十年"。王世贞不仅有才能，而且有地位和势力。可是，汤显祖是一个尊重文学而不屈服于势力的人，他重创新而反对复古，他注意汲取古代一切优秀的文学遗产而不为复古派所规定的范围所局限。他的文学思想和旨趣与王世贞辈大相径庭。

在激烈的文学思想斗争中，汤显祖明确提出文学创作首先要"立意"的主张，把思想内容放在首位。他认为内容比形式更重要，不要单纯强调曲牌格律而削足适履，"凡文以意、趣、神、色为主，四者到时，或有丽辞俊音可用，尔时能一一顾九宫四声否？如必按字模声，即有室滞迸拽之苦，恐不能成句矣"（《答吕姜山》）。这些思想

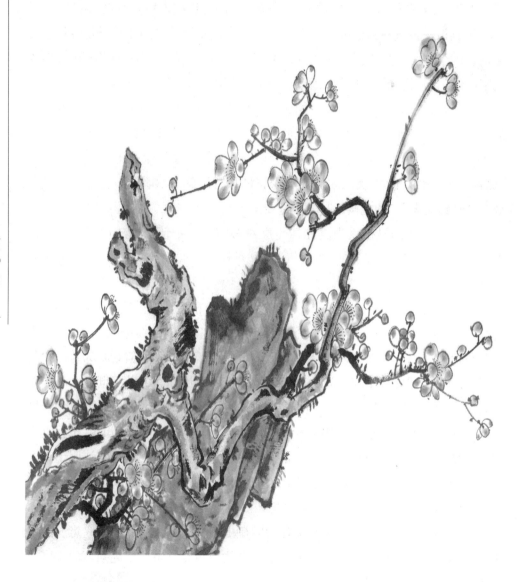

在他的作品中都有具体体现，此外从他大量书札和对《西厢记》《焚香记》《红梅记》等剧作的眉批和总评中也可看出。

无论戏剧史观、创作论、表演论，汤显祖都贯穿以"情"的因素，"因情成梦，因梦成戏"。他认为，世界是有情世界，人生是有情人生。有情人生的最高境界是至情，最有效的至情感悟方式是借戏剧之道来表达的。《牡丹亭》便是至情的演绎。他的至情论源于泰州学派和李贽的影响，同时也渗透着佛道的因缘。他和以沈璟为首的偏重形式格律的吴江派进行了顽强的论争。

（三）汤显祖的文学成就

汤显祖是我国古代继关汉卿之后的又一位伟大的戏剧家，他的戏剧创造性地继承了唐人小说和元人杂剧的优良传统，作品除早年未完的作品《紫箫记》外，主要是《紫钗记》《牡丹亭》《南柯记》和《邯郸记》四部传奇，因为主要是在家乡临川完成的，又都以有关于神灵感梦的情节作为全剧的关键，故合称为"临川四梦"，又因汤显祖在临川老家的寓所堂名是"玉茗堂"，故又称"玉茗堂四梦"。

汤显祖的哲学思想、政治理想和文学思想都集中反映在"临川四梦"中。"临川四梦"各有千秋，对当时的戏曲作出杰出的贡献，在明代传奇中占有重要位置。前两部作品《紫钗记》和《牡丹亭》属于儿女风情戏，写男女青年的爱情故事，主要是体现他对真情的歌颂；后两部作品《南柯记》和《邯郸记》属于官场现形戏或政治问题戏，写封建士子的宦海沉浮，主要体现他对政治的思考。

《紫箫记》是汤显祖的处女作，大约在他做官之前（1577），与友人临川才子谢九紫、吴拾芝、曾粤祥等人合写的，但没有完成。《紫箫记》主题基本上沿袭了才子佳人剧的格调，基本上没有反映什么社会矛盾。十年后汤显祖在南京任上时对《紫箫记》进行彻底改写，易名为《紫钗记》。《紫钗记》主要内容是：唐代陇西才子李益，游学于长安，年过弱冠，还没有娶妻，便托鲍四娘为他寻觅佳偶。四娘答应了，想到霍王府有年方二八、才貌俱佳的

古代戏曲名著

霍小玉，作为小玉的歌舞老师，四娘便想将小玉介绍与李。她知道小玉要在元宵节去观灯，于是就邀请李益也去看。立春之日，李益便和义兄崔允明、义弟韦夏卿前往郊外观灯游玩，游至胜业坊时，正赶上小玉和母亲郑六娘，丫鬟浣纱也来观灯，小玉忽然看见前面有几个秀才，连忙避开，不小心弄掉了头上佩戴的紫玉燕钗。李益捡到后知道这是霍府千金霍小玉的物品，于是借着还钗的机会，与小玉共结秦晋之好。良辰吉日，李益从崔韦二友处借了骏马、仆役前去与小玉拜了花烛，婚后二人情深意浓。殿试发榜，李益高中状元。喜事连连却隐藏祸患。因当初观灯时卢太尉父女在途中也恰好遇见他们一行人，五小姐卢燕贞看见李益仪表俊美，便暗生爱慕之情，暗示父亲招李益为东床快婿，后李益没有去卢太尉府，惹怒了卢太尉，借故将李益流放赴塞外为参军，以拆散一双恩爱鸳鸯，李益只得与小玉在灞桥折柳盟誓而别。霍小玉自从与李益分别后思夫成病，几弄到水尽山穷，李益也日夜想念小玉，画了幅《征人闻笛望乡》画并托人带给小玉。李益在职期间成绩卓著，卢太尉乘机使出奸计，奏请皇上升李益为秘书郎，改任孟门参军，不准归长安，即去赴任。卢太尉派人送信给小玉，说李益已招赘在卢府。不久还朝后又将李益软禁在卢府。小玉接到假信后十分伤心，怨恨李益的薄情寡义，但又疑虑重重，并不十分确信。为了寻访李益踪迹，耗尽了家产。卢太尉便乘机不惜高价收买紫钗，以玉钗证明小玉变节改嫁，并利诱威迫，使李益与卢家五小姐成婚。小玉闻讯悲痛欲绝，在佛寺尽诉冤情。黄衫客知其隐忧与冤屈，深表同情，并援手相助，让小玉闯进卢太尉府索夫，被太尉阻挠，诬说李益有反唐的诗句，以诛九族作为威胁，并施以棒打之刑。黄衫客赶到，怒斥太尉专权专势，作恶多端，并李霍一事参奏皇上。最后，皇帝降旨：革去卢的职务，加封李益为集贤殿学士和鸾台侍郎，霍小玉为太原郡夫人、郑六娘为荥阳郡太夫人。至此，有情人终成眷属。

《紫钗记》是汤显祖创作的第一本完整的传奇，较好地继承了唐人蒋防传奇小说《霍小玉传》的现实主义精神，也体现了汤显祖的"情至观"，鞭挞了封建权贵，歌颂了理想的爱情，标志着汤显祖戏剧创作的成熟。剧本成功地塑造了霍小玉和黄衫客两位令人敬重的人物形象。除对霍小玉和李益的坚贞爱情进行了极为动人的讴歌和描绘外，较之《紫箫记》，加强了社会性的冲突，特别增加了权倾朝野的卢太尉这一人物，使原作小玉痴情、李益负心的矛盾转变为男女爱情与强权势力的对立，在对卢太尉专横跋扈的揭露中，显然反映了汤显祖的个人经历。其次，突出了黄衫客的侠义气质，使原作小玉含恨而逝的悲剧性结局变为皇帝降旨加封的大团圆收场；再次，重新设置了戏剧的结构，以紫玉钗贯穿全剧，抒发感情，生发情节，展现矛盾纠葛，具有很强的戏剧性和动作性。

《南柯记》取材于唐人李公佐的传奇《南柯太守传》。此剧既叙官场倾轧、君心难测，亦状情痴转空，佛法有缘。这是汤显祖戏曲创作的一个大转变，同时也是其对现实社会进行深入思考的表现。此剧与《紫钗记》《牡丹亭》的明显不同之处在于改以梦写"情"为以梦写"政"。剧中主人公淳于棼是一个怀有政治抱负的士子，居官南柯，严于律己，勤于政事，清政抚民，将南柯一郡治理得物阜民丰，世风淳厚。后淳于棼腐朽堕落，宦海浮沉。真实地反映了现实生活中统治集团内部争权夺利的斗争，特别是对于封建君臣之间所存在的尖锐矛盾揭露至深，表明了正是浑浊不堪的官场才导致了有为清正之士的人格异化、灵魂污染，指出这是封建时代知识分子的典型悲剧。

《邯郸记》源于唐代沈既济的传奇《枕中记》。剧中以吕洞宾度人成仙为一头一尾，中间过程描写了主人公卢生梦中侥幸以科举起家，直到出将入相，在荒淫无耻的生活中死去的宦海沉浮的一生。卢生不像《南柯记》中的淳于棼，他只是一心追求个人功名利禄和荣华富贵。作者用笔下卢生的梦境揭露封建政权中的种种黑暗与腐败：上起皇帝的荒淫昏庸，中过丞相的阴险恶毒、权臣的勾心斗角，下至官吏的贪赃枉法。卢生梦醒之后，求仙问道，宁肯被吕洞宾度化为蓬莱山门清扫落花的使者，也不愿在人间过那种争名夺利的卑劣无耻的生活，表达了作者对官场的极端厌恶。《邯郸记》表达了作者批判时政，揭露和讽刺上层统治者的卑鄙无耻的创作意图，是对明代官场社会的深刻鞭挞和总体否定。

《南柯记》《邯郸记》都是作者辞官归隐后的作品，均是以梦写政的寓言性的讽世剧。二者对晚明社会的揭露和批判，在广度和深度上都比《牡丹亭》更进了一层，表达了作者在经历了宦海风波后对追逐功名利禄的完全否定，同时也是作者看破世俗、理想幻灭后借助佛道两家的出世思想来求得解脱的映照。

汤显祖也创作过诗词，如《送于掌故宰彭泽》《初至平昌与苏生说耕读事》《平昌君子堂》《石门泉》等，还有辞赋，如《月洞诗序》《寄李宗诚》《答月石帆》《答于彭泽》等。

总之，汤显祖以自己的浪漫主义艺术珍品，代表了明代戏曲创作的最高峰，他是我国乃至世界上的一位文化巨人。

古代戏曲名著

汤显祖与《牡丹亭》

二、《牡丹亭》——爱欲与文明的冲突,真情与世俗的羁绊。

(一) 《牡丹亭》的主题思想

《牡丹亭》完成于万历二十六年（1598），作品通过杜丽娘和柳梦梅的爱情故事，揭露了封建礼教和青年男女的爱情生活的矛盾，暴露了封建统治阶级的"理"与人类自然本性的"情"之间强烈的冲突，热情歌颂了青年男女在追求幸福自由的爱情生活上所做的不屈不挠的斗争。据作者说，其题材来源是多方面的，其中主要来源于明代流行的话本《杜丽娘慕色还魂》，也借鉴了前代志怪小说的一些细节片断，并对内容进行了全新的整合，突出了杜宝等人的卫道士立场；改变杜、柳门当户对的关系；改话本杜丽娘封建淑女角色为叛逆女性，强调追求自由爱情的艰难曲折，赋予作品以深邃的思想内涵、广阔的社会内容和强烈的时代精神。它一产生就震动了当时的文坛，成为我国戏曲史上浪漫主义的杰作。

1.表达了以情反理的时代主题。

作品中的"情"主要表现为男女主人公对自由爱情的追求，"理"主要表现为封建伦理道德观念对人们美好生活的束缚。杜丽娘是剧中至情的化身，在她身上集中体现了以情反理的思想。当封建统治者所谓的"理"成为"情"的桎梏时，"情"必然要突破束缚，出生入死争取最终的胜利。

封建礼教反对自由的爱情婚姻，反对像杜丽娘那样的青春少女自然而然产生的情欲要求。与封建礼教的激烈对抗中，杜丽娘慕色而亡，追求爱情幸福至死不休，以残酷的现实环境来突出其实现理想的痛苦性和艰难性，表现无处不在的封建礼教对人性的漠视与对真情的虐杀。然而"世总为情"、"人生而有情"，杜丽娘因情还魂复生，以美好的浪漫幻想来展现她为爱情所作的不屈不挠的斗争，显示出人性的巨大力量与崇高价值和对"存天理，灭人欲"的程朱理学的坚决反叛与抗争。在爱欲与文明的冲突中，用形象化的手法肯定了爱欲的客观性与合理性，并对不合理的"文明"提出了强烈批判，曲折地反映了新时代的人性和价值观念。

2. 体现了个性解放的强烈要求。

《牡丹亭》既是一部自由情爱的颂歌，也是一部青春觉醒的颂歌。从杜丽娘生前身后至还魂的整个经历深刻地剖析了人性从压抑到苏醒、爱情从禁锢到解放的过程，反映了备受礼教摧残的广大女性要求主宰自己命运、要求实现生命价值的强烈呼声，超越了以往剧作把爱情描写仅仅停留在反对父母之命、反对封建礼教的狭隘层面，表达了挣脱封建牢笼、打破宋明理学枷锁，追求个性解放、向往理想生活的朦胧愿望。

《牡丹亭》的思想内容比起它以前或同时代的其他爱情剧来显得更为深邃，它表现的"情"与"理"的冲突，"至情"的伟大力量和价值与明中叶的进步思想家反对程朱理学以摆脱礼教的思想解放运动一脉相承，遥相呼应。以情反理，以情抗理，在压抑人性、人欲的明代晚期社会高扬起人性解放的大旗，显示出在新的时代思潮中的进步光华。

（二） 《牡丹亭》剧情简介

《牡丹亭》全篇共五十五出，以杜丽娘慕色还魂为主线。

南宋时期，南安太守杜宝只生了一个女儿，名字叫杜丽娘，貌美端庄，虽然已经十六岁了，但还没有嫁人。杜宝是一个"摇头山屹，强笑河清，一味做官，片言难入"的封建官僚，他为了使女儿能够知书达理，成为女子中楷模，便为她请了年已六十的老秀才陈最良为师，对她灌输的也是"有风有化，宜室宜家"的封建教条。杜丽娘的母亲是杜宝家教的执行者，她看见女儿裙子上绣的一对花，一双鸟，都少见多怪，怕引动女儿情思。在严格管制下，独生女儿杜丽娘在官衙里住了三年，连后花园都没有到过。虽正当花样年华，但受封建礼教的束缚，被寂寞环境所包围，青春少女的心绪情怀深受压抑，精神空虚不已，开始对现状不满和怀疑。陈最良所教授的《诗经·关雎》"窈窕淑女，君子好逑"的动人诗句引发了丽娘的情思，唤起了她青春的觉醒。

伴读的丫鬟春香偶然间发现了杜府后的花

汤显祖与《牡丹亭》

园，适逢父亲杜宝下乡劝农，在春香的诱导下，杜丽娘违背父母、塾师的训诫，偷偷走出深闺，来到后花园中游玩。常久困于闺房之中的丽娘被花园中百花争艳的美丽春色触动了蛰伏已久的思春之情。于是，她抱怨父母只知选择门当户对的女婿而使自己青春虚度。在这种苦闷的心情下，丽娘从花园回屋后，昏昏入睡进入梦境。梦中看见一个青年秀才手拿着半枝垂柳要她题诗，两人一见倾心，互诉爱慕之情，后被那书生抱到牡丹亭畔，共成云雨之欢，她的真情在梦中得到了无拘无束的表露。然而，正当两情绵绵，难分难舍的时候，杜母进房叫醒了丽娘，打断了美妙梦境。此后，丽娘痴痴挂念，难忘梦中恋人。第二天又去花园，希望能够寻找梦境。寻觅不得，失望之下相思成疾，日渐愁闷，形容消瘦，一病不起。有一天照镜子时，发现自己已经形容枯槁，连忙叫春香拿来丹青，将自己的容貌画在素绢上，并在上面题了一首诗。她又把梦中的情境跟春香说了一遍，并让春香把那画叫裱画匠裱好。杜宝夫妇听说女儿病重，连忙叫陈最良用药医治，还让石道姑来念经，可都不见效果。她在弥留之际要求母亲把她葬在花园牡丹亭边的梅树之下，嘱咐丫鬟春香将其自画像装在紫檀木匣里，藏于花园藏在太湖石底。中秋节的晚上，丽娘终在愁苦与伤感中香消玉殒。这时正赶上投降了金国的贼王李全领兵包围了淮扬，朝廷升杜宝为安抚使，立即动身上任剿贼。在紧急的情况下，杜宝只好匆匆埋葬了丽娘，并修建了一座"梅花庵观"供奉丽娘灵位，又委托陈最良和石道姑照料。杜宝则立刻带着夫人和丫鬟春香前往淮安，因为形势十分危急，半路上杜宝又让夫人和春香乘船回了临安。

广州府有个秀才叫柳春卿，因为有一天梦见在一花园中，有一位女子站在梅树下，说与他有姻缘，遂改名柳梦梅。三年后，柳梦梅去临安应试，路得进宝臣苗舜宾援助。走到南安时，柳梦梅生病在梅花庵观中借宿。当病渐渐转好时，有一次偶然赏游花园，恰好在太湖石边拾到了丽娘的春容画像，发现杜丽娘就是他梦中见到的佳人。回到书房后，便把那画像挂在床头前，夜夜烧香膜拜。

丽娘在阴间里一呆就是三年，阎王发付鬼魂时，查到丽娘阳寿未尽，就下令让她自己回家。丽娘鬼魂游到梅花庵里时，恰巧遇到柳梦梅正对着她的画像拜求，深受感动，便和柳梦梅再度幽会，自称是西邻的女子。他们两人夜夜的说笑声，惊动了石道姑。一天夜里两人正在说笑，被突然闯来的石道姑冲散。第二天夜里，丽娘只好向柳梦梅说出真情，并请求柳梦梅三天之间掘墓开棺。柳梦梅把实情告诉了石道姑，并求得她帮助。第二天，他们挖坟开棺，使丽娘起死回生，两人结为夫妻。道姑害怕柳梦梅与杜丽娘的事情被外人发觉，当夜雇船，三人一道去了临安。

杜丽娘的老师陈最良发现丽娘坟墓被挖掘，柳梦梅又不辞而别，就连忙前往扬州向杜宝告发柳生盗墓之事。但陈最良还没到就被叛军俘获，李全听说陈最良是杜宝府上的私塾先生，又得知杜宝还有夫人和春香，就听从妻子的计策，谎说已杀了杜夫人和春香，然后放了陈最良。陈最良到淮安见了杜宝，便把丽娘坟墓被盗，老夫人、春香被杀的事禀知杜宝，杜宝听后大惊，悲痛不已。后来杜宝忍痛写了两封信，让陈最良送给李全，封他官职还给了他们钱财、招降了李全，解了围难。

丽娘他们到达临安，在钱塘江边住下，等到柳梦梅想起考试的时候，考试时间已经过了，多亏主考官是苗舜宾，才得以补考。这时，因恰逢金兵南侵，战事紧张，朝廷延期放榜。丽娘让柳梦梅先到扬州看望她的父母，送家信传报还魂喜讯。柳梦梅走后不久，来临安的老夫人和春香因天晚找住处恰好与丽娘、石道姑相遇。柳生辗转找到了杜宝，但杜宝以为女儿早已经死了，心想怎么又会有个女婿存在，就以柳梦梅假冒的罪名，令人拿下押往临安候审。杜宝回到临安后，因军功升为宰相，陈最良升为黄门奏事官。这时，朝廷发榜，柳梦梅中了状元，可到处找不到他，原来他正被杜宝吊着毒打，因为在柳梦梅的身上搜出了丽娘的画像，杜宝便确定他是盗墓贼。苗舜宾听说后，赶到杜府，救下了柳梦梅。杜宝正气恼时，陈最良来到，说小姐确实又活了，柳梦梅就是女婿。柳梦梅虽然由阶下囚变为状元，但杜宝仍不承认女儿的婚事，认为这是鬼妖之事，强迫女儿与柳梦梅分离。

陈宝把此事告诉皇上，皇上要宰相、杜丽娘、柳梦梅、老夫人都前来对证。金銮殿里，众人都在殿下，皇上用镜子照，看有无影子，断定丽娘确实是活人。杜宝

硬说丽娘、老夫人都是鬼魂所变，后经皇上裁决让他们父女、夫妻相认。丽娘又劝柳生拜认了岳父杜宝，杜丽娘和柳梦梅二人终成眷属。

（三） 《牡丹亭》经典剧段赏析

《牡丹亭》全剧共五十五出，《惊梦》是第十出戏，在这里，作者的生花妙笔写出了杜丽娘的青春觉醒，这是杜丽娘性格发展的重要转折时期，是女主人公在"牡丹亭上三生路"上迈出的具有决定意义的第一步，即她从名门闺秀走向封建叛逆道路的第一步。汤显祖视程朱理学于不顾，在"存天理灭人欲"的氛围之中，用"情"来衡"理"。他通过剧中杜丽娘为情而生，为情而死的事实作证，揭示人的欲望和诉求。《惊梦》是使"情"确立为全剧的核心，是违背伦理，摒弃道德的惊魂一梦的真情演绎。从结构上看，《惊梦》这出戏可分为"游园"和"惊梦"两部分，主要写女主人公杜丽娘为了排遣愁闷，走出深闺，通过赏春——感春——伤春的感情变化提示露出她青春的觉醒，由思春而感梦，由感梦而生情，终于在梦境中与意中人幽会，这是她走上反抗与追求的叛逆之路的开始。这里只对"游园"部分作细致的解析。

"游园"由六支曲子组成。前三支曲子主要写杜丽娘游园前的心理活动，后三支曲子主要写丽娘游园中的所见所感。

杜丽娘走上舞台，唱了一首《绕池游》，抒发自己清晨醒来百无聊赖的心绪和对深闺内院寂寞生活的厌倦，表达了青春萌动的心态。

"梦回莺啭，乱煞年光遍，人立小庭深院"，春天的早晨，从梦中醒来，莺鸟婉转鸣唱似乎诉说着春天到来，春光是如此撩乱人的心绪。"人立小庭深院"刻画了一个被禁锢在狭窄的闺房中孤独寂寞的女性形象。"梦回"不仅指人从睡梦中醒来，而且包含着婉转的莺声唤醒了女主人公春情这样一层意思。"乱煞"句也不单形容春色，更写出杜丽娘的心旌摇荡，意绪撩乱。"小庭深院"，是杜丽娘生活的地方。"小""深"二字说明生活天地极其狭窄，这是一种束缚人生活自由、窒息青春的阴冷环境。一边是莺啭催动的无限春光，一边是枯燥单调的闺阁寂寞。这种一动一静、一闹一寂的强烈反差，催动着少女思春的情怀，百无聊赖听凭沉香燃尽熄灭，没做完的针线活被抛在一边，没心思去做。

古代戏曲名著

深深地问自己为什么今年对春天的关心向往比去年更为殷切呢？一句自问，把意欲挣脱束缚、向往自由（大好春光）的热望，淋漓尽致地表达出来了。连丫鬟春香都看出了小姐对春天的关心、向往同去年不一样。"炷尽"两句一个"尽"，一个"抛"，一个"残"，生动点出了女主人公沉闷单调的生活，表现出少女的慵懒及对现实生活的麻木。从这支曲子中我们不难体会到杜丽娘对环境的不满以及朦胧跃动的春情。《乌夜啼》以一首词作为人物上场的诗，是念白的一部分，不是唱词。"望断"，一直望到尽头，表示望的时间久长。"宿妆残"，是说昨天梳妆的发髻散乱，今天也顾不得梳理，只是呆呆地望着。这首词的意思是，一早起来就眼巴巴地望着梅关，一直望到尽头。昨天梳妆的发髻，也顾不得梳理，只是呆呆地望着。你凭着栏杆侧着头看得多久了？这无端的苦闷，剪也剪不断，理也理不清。作者通过凭栏呆望这一动作，形象地表达了杜丽娘对洒满春光的自由天地的憧憬和向往。春香不忍见丽娘郁郁寡欢，就怂恿她趁着大好春光梳着应景的发型去赏春。"宜春髻子"——相传立春那天，妇女剪彩作燕子状，戴在头上，上贴"宜春"二字。杜丽娘从春香那里知道已派人将后花园打扫过了，为了排遣一下自己的无奈，便吩咐春香取镜台、衣服来，为游园做准备工作。杜丽娘在这种说不清道不明的情绪下游园，奠定了整折戏的幽怨感伤的基调，正因有了如此微妙复杂的心理基础，才引出了下文的"伤春"。

《步步娇》写杜丽娘游园前怀着难以名状的烦闷和自我欣赏的心情开始对镜梳妆打扮。此段从春光、春意起笔。大地回春以后，各种冬眠的昆虫都苏醒了，纷纷吐丝活动，这些虫丝是很细的，只有在风和日丽的时候才能见到。自然界中的一缕游丝也被丽娘发觉了，突出了丽娘对春的关切之情。她此刻在关注着自然界的哪怕是一丝一毫的变化，她渴望春天的到来。

《袅晴丝》一般有两种解释，其一是说太阳穿过灰尘照进院子，一条若有若无的光线照进来，人的情思也如同这若有若无的光线无法平静。作者不写桃柳蜂蝶，唯独选取了纤细的游丝，此中大有新意妙理。首先，这样写完全是从规定情景出发，它不是主观随意性的产物。在小庭深院中的女主人公难以直接看到姹紫嫣红的春色，在这里只能从晴丝上体味到一点可怜的春光。其次，这样写与人物身份、性格相吻合。杜丽娘是一位过着闲适生活而愁闷的深闺人物，她是个对春天十分"关情"的妙龄少女，唯其如此，才会有此细心而专注的观察。所以说这两句同人物身份性格相吻合。第三，这样写体现出人物微妙心绪的理想物化形态，"晴"与"情"、"丝"与"思"谐音，所以"晴丝"语意双关。它既指晴空里的游丝，又是女主人公心中起伏飘忽的情丝。无论是"游丝"还是这种"情思"，它都是这般纤细朦胧，都是这样的难以捉摸。春风将轻软的游丝吹进幽深庭院的景象，也可以看作是春光打开了丽娘闭锁的心扉，被萌生的情思逐渐摧开的心理写照。作者描绘的既是游丝袅袅的春景，也是情思缠绵的春情。情与景，物与我，虚与实结合巧妙，真称得上是体察入微。在思绪万千的心情下，杜丽娘对镜梳妆，戴上亮晶晶的花钿，穿上华丽的锦裙。如花美丽的少女从镜子里面审视自己的容貌、身段、神态，不禁沉醉。没料到那镜子把我半边脸偷偷照进去了，惹得我急忙躲闪，把美丽的发卷也弄歪了，还故意自我埋怨，怎么能走出闺房而显露在外呢？闺阁中的青春少女连自己姣好的容颜也不敢正视，可见封建礼教对人的禁锢是何等之深。明明是人照镜子，却偏说镜子把自己的半边面容偷照了进去，着意表现女主人公天真娇羞，含情脉脉的神态。而似乎镜子已偷窥到了姑娘春情荡漾的内心隐秘，把怀春少女的微妙心理刻画得惟妙惟肖。这样的美，这样的发现更激发了杜丽娘对美好生活的向往，对美好爱情的追求。

《醉扶归》主要写杜丽娘梳妆完毕准备出闺。春香夸赞她打扮得漂亮却引出丽娘顾影自怜的神情以及珍惜青春却又无人赏识的落寞情怀。

春香看到在衣物饰品的装扮下娇艳动人的杜丽娘时不禁开口称赞，杜丽娘却表白道："你说我穿着绛红色的裙衫多么艳丽光彩，颈上戴的宝石镶嵌的花簪多么光彩夺目，可知我一生儿爱好是天然之美。"女孩子天生是爱美的，有对美的追求。杜丽娘认为自己的天然之美可使鱼沉雁落鸟惊喧，花羞月闭花愁颤，无需色彩鲜艳的衣着与光彩夺目的饰物来衬托，写出杜丽娘内心深处对自己美丽的自信与怜爱。但春香并不能真正理解杜丽娘的美，所以杜丽娘的美

也正是如同三春美好却无人知晓。杜丽娘此处用"三春好处"实则是比喻自己青春姣好的容貌，这是杜丽娘自然升腾的青春憧憬的直言告白，是丽娘对青春的珍惜，对爱情的向往和对个性解放的追求，也是对"存天理，灭人欲"的程朱理学的否定与挑战。我们看，在这令人窒息的生活环境里，尽管有沉鱼落雁之容，羞花闭月之貌，这青春之美又有谁来赏识呢？自己如花的美丽无人了解更无人欣赏，自我评价和他人评价的反差造成了杜丽娘心灵深处的强烈的失落感，一种孤独无偶的情绪沁满了心灵。杜丽娘用美丽的春天自喻，为后文伤春埋下伏笔，暗示"伤春"即是"自伤"，这就点明了上文杜丽娘所感喟"剪不断，理还乱，闷无端"这种郁郁寡欢心情的来由。

以上这三支曲子先写孤锁深院，韶华虚度，春光撩人；再写对镜梳妆、欲行又止，顾影自怜，情思摇漾。表达的是杜丽娘想寻找春天、寄托情思的感想。其中，有思春的烦、赞春的喜悦、惜春的感慨，这"春"，既包含着"春光""春色"，也包含着"春情""春思"。作者通过人物的动作、神态、语言的点染来写杜丽娘游园前的内心活动，一个欣赏自己的美丽而又抱怨幽居深闺无人赏识的富家小姐的神态展现在读者面前。

接下来，杜丽娘在春香陪同下来到后花园，戏也正式进入游园部分。杜丽娘看到满园春色，不禁发出了"不到园林，怎知春色如许"的深沉感慨。这赞叹中夹杂着错过太多美好春色的深深伤感，也夹杂着自己的人生春天同样多姿多彩，然而却无一人走进来欣赏的忧伤，具有着赞春、伤春的双重意味。

《皂罗袍》是本折的高潮，唱出了女主人公在春色感召下产生的心灵震颤，刻画了杜丽娘千回百转的心态变化。

郁郁寡欢的杜丽娘到了繁花似锦的花园中，花园中的勃勃生机激发了杜丽娘心中被压抑的人生欲望。

美丽娇艳、姹紫嫣红的鲜花努力诠释着迷人春色，然而却只能展现在干涸了的废井、坍塌了的墙垣、破败冷寂的庭院中。备受压抑的杜丽娘内心深处对美好景致的向往使得初入园林中的她心潮起伏，如此美好的春光却无人观赏，杜丽娘由此联想到自己，不禁悲从中来。"原来""似这般""都付与"几个词都带有强烈的感情色彩，带有无限的感叹和惋惜。作者用"姹紫嫣红"的迷人春色与"断井颓垣"的荒废景象形成了鲜明的对照，杜丽娘从"姹紫嫣红"看到了自己青春的生命，而这"断井颓垣"又使她百感交集，如此明媚的春光竟被辜负，自己美丽的青春也只能在深闺中埋没！自然地发出了感叹与幽怨——这样美好的春天，宝贵的时光如何度过呢？使人欢心愉快的事究竟什么人家才有呢？由物及人，一种自怜的情绪油然升起。突出了良辰美景与赏心乐事之间的矛盾，指出杜丽娘黯然的心情与艳丽春光间的不谐，春天的生机强化了她黯然伤感的情怀。渐渐地，杜丽娘在想象中把眼光从自己家的深宅大院转向了外面的世界，那世界是自由自在的，瑰丽的楼阁飞檐、华丽的亭台栏槛，如云霞一般灿烂绚丽，和煦的春风，带着蒙蒙细雨，烟波浩渺的春水中浮动着画船，直到看尽三春景色。杜丽娘从狭小的园内扩展到寥廓的境界，由近观到远眺，这正是女主人公心所向往的广阔天地。这画面中，融进了追求，也融进了惆怅。这是由概写、感叹进入到细致描绘，然而最终不得已的还是一声感叹——"忒看的这韶光贱"！深闺中的女子太不珍惜这美好的春光！实虚结合，写出了杜丽娘的不满、怨恨、无奈与控诉。

此曲中情与景交织，物与心交流，映衬了杜丽娘对景自怜的伤感，其内心深处顾影自怜的哀愁在美好春光的感召下喷薄而出。这是春心的萌动，更是追求美好生活和自由人性的觉醒。这样的呼声代表了禁锢在封建闺房中的千万妇女的心愿，在当时具有反封建的进步意义。通过杜丽娘的直白，以"乐景"写"哀心"，"倍增其哀"，宣泄了杜丽娘内心的郁闷，表达了她追求自由的热望，而杜丽娘的感情也由喜而转悲，

汤显祖与《牡丹亭》

由叹而转怨。

《好姐姐》大力渲染了春天的美丽，通过杜丽娘对具体春景的感受，进一步抒发了哀怨之情。

青山上到处都是开得红艳艳的杜鹃花，"啼"字是从杜鹃鸟泣血联想而来，宋代寇准有诗云"杜鹃啼处血成花"，杜鹃鸟以血染红了自己的美丽，恰似美人以美丽绽放着自己的生命，蕴涵着隐隐悲壮之美。这里借用"杜鹃啼血"的典故，渲染浓郁的感伤气氛。飘荡的柳丝让杜丽娘缠绕着幽怨且不能自持的情怀，而荼蘼花外是如烟的暖暖春光，春光如烟似梦，一个"醉"字写出人沉醉春光里心酥身软的感受。"荼蘼"是一种晚春开放的小花，写"荼蘼"是为了衬托尚未开花的牡丹——"牡丹虽好，他春归怎占的先"，牡丹花被誉为花中王，然而牡丹虽然美丽，却在春天即将逝去的时候才开放，等它开花春天就要过去了，怎么能在春花中占得花魁呢！所以这里有"牡丹虽好，它春光怎占的先"的反问。字面上的意思是哀叹百花中之王的牡丹虽然美艳，但不能在春光烂漫的大好时节开放，迟至暮春才能开花，实则是杜丽娘以牡丹自比，暗含着她对虚度芳春的怨怅和自己美丽的青春被耽误了的幽怨和感伤。凝神只听见成双成对的燕子呢喃明快如剪，黄莺歌唱音调圆润婉转，都似话语缠绵。先写花柳，再写莺燕，将"燕"与"莺"拟人化，鸟儿还能成双成对地在一起自由飞翔鸣唱，而她只能面对春色，顾影自怜。"生生"、"呖呖"鲜明的听觉效果烘托出杜丽娘的孤独。以花、鸟衬人，表达了丽娘难以名状的落寞心绪。"去吧!"有一种无可奈何花落去之感。当春香说"这园子委是观之不足也"时，丽娘却说"提他怎的"，一切感慨都尽在不言中。

杜丽娘本因为寂寞、单调的闺中生活使她感到烦闷、窒息，为消愁解闷才到花园里去散心的，不料，游园所见所感所闻的无限美好的春光，成双结对的莺燕，姹紫嫣红的百花，无不增添她的烦闷与惋惜，她那朦胧的无端的"闷"，非但没有解除，反而使伤春之意格外浓烈，哀怨之情更无法排遣。杜丽娘的内心产生了极度的痛苦和矛盾，于是唱出了"便赏遍了十二亭台是枉然。倒不如兴尽回家闲过遣"的慨叹，那种觉醒后的向往格外强烈，而现实的束缚又使得杜丽娘沮丧灰心。

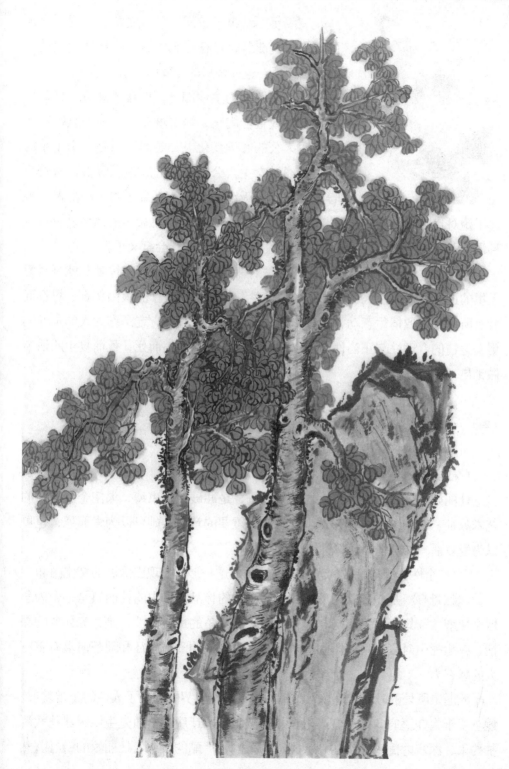

《隔尾》结束了游园。她对爱情、幸福与自由的呼唤，是徒劳，是枉然吗？这一切在现实生活中都无法实现，也许她只能在梦中与情人相会。

以上是游园的主要部分，作者或寓情于景，婉转低沉，或直抒胸臆，痛快淋漓，极为细腻地展现了女主人公的心理变化。"游园"只是一个小小的片断，通过女主人公对春光的欣赏和叹惜，从赞美春天到伤感春天以及伤感个人命运的无法把握，表达了她对自然和青春的热爱，对封建礼教的不满，对自己命运的感伤以及对这种渴望无法实现的无奈。游园的主题就具有了强烈的社会意义了。

如果说"游园"是青春的觉醒，是对情的朦胧渴望，而"惊梦"就是对爱无惧的追求，对人性大胆的张扬。"惊梦"部分主要是杜丽娘由伤春、思春而梦有所感，以致情生意动，在梦中与柳梦梅幽会，充分肯定了作为人的本性的男女之情的合理性与正当性，为以后的由情生病，由病而死，死而复生的情节做铺垫。

（四）《牡丹亭》人物形象分析

1. 杜丽娘——为情死为爱生

杜丽娘的形象蕴含着巨大的艺术力量，是冲破封建束缚、渴望个性自由的艺术象征。在中国文学和艺术中具有十分重要的意义。她可以为爱而死，也可以为爱复活，强烈地叩动着青年男女的心灵。

（1）个性觉醒与解放的光辉，使杜丽娘这一形象显现出深层的文化内涵

《牡丹亭》是一部以情反理、张扬个性的作品。剧中的杜丽娘是一个为争取个性解放和婚姻自由而与封建礼教做生死斗争的叛逆女性，她如痴如醉的深情，在生死中对爱对情不懈的追求，对当时人们的爱情向往和理想追求有着巨大的感召力。

杜丽娘所处的时代和环境，禁锢了她的精神世界，遏制了人性的正常发展。她出生于太守之府，是千金小姐，从小被父母及迂腐的塾师先生以封建礼教严加约束，深寂的闺阁是封建礼教围成的大网，严酷的禁锢着杜丽娘的身心。然

而，杜丽娘毕竟是一个少女，一曲"关关雎鸠"引燃了她对春天的热切盼望与憧憬，那渺茫而炽烈的爱情把她煎熬得憔悴不堪。她开始觉醒，不再甘心做循规蹈矩的闺阁典范，大胆披露出自己的内心欲望，满园春色催醒了爱情，现实中被压抑的情感，终于在睡梦中爆发，与心仪之人缱绻相恋。春天和青春生命美的发现，她对自主择偶的佳人才子"前以密约偷期，后皆得成秦晋"的羡慕，"寻梦"中对"似这般花花草草由人恋，生生死死随人愿，便酸酸楚楚无人怨"的渴望，以及梦中冥间对性爱的大胆主动追求，便都染上了个性解放的色彩。这种勇敢而自主地追求人性自由的女性，是此前戏剧乃至文学作品妇女形象中从未出现过的。

杜丽娘之所以懦弱而又坚强，热情而又矛盾，均来自于封建礼教的程朱理学对人性的压抑。她孤独与空虚越重，欲望与反抗越强，当她挥动个性解放的大旗并以身试法时，虚伪的封建礼教轰然倒塌。杜丽娘追求"天然之情"，寻求对人的承认与尊重的行为，具有了个性解放、人性觉醒的光辉，也将晚明社会个性解放的思潮推向顶峰。

（2）坚定的反叛与追求，使杜丽娘成为中国古代女子与命运抗争的典型。

杜丽娘追求人性的自然美，不惜以身殉情，表达对封建礼教和禁欲主义的无声控诉和强烈反抗。她的性格也是在与封建势力与假道学的坚定反叛中、与自身传统观念的顽强斗争中逐渐发展起来的。

梦中与持柳书生共谱恋曲，而梦醒后却不得不回到冰冷的现实生活，"睡起无滋味，茶饭怎生咽"。欢愉不再，温暖不再。明白自己想要的在现实中无法实现，她要勇敢地开始追求幸福，于是开始了第二次游园。这次是她不让春香陪伴，独自来到花园，才得以安心寻梦。然而由梦境中的狂喜突然转到可悲的现实，"寻来寻去，都不见了"。一腔无处发泄的热情在压制中积聚了更大的力量。"牡丹亭，芍药阑，怎生这般凄凉冷落，杳无人迹？好不伤心也！"在对梅树的倾诉中可以看出，这个梦是她全部生命的寄托。没有办法，只能"一时间望，一时间望眼连天，忽忽地伤心自怜"。寻之不得，极度悲伤。弥留之际，她没有表现出丝毫对生的留恋，这残酷的现实又有什么好留恋的呢！她将自己对青春的珍爱，对美貌的惋惜融于画间，存于在梦中与恋人相见的梅树下，即使变成游魂也要继续寻找自己的

爱情和幸福。她的死似乎是一种真正的解脱，世间的那一套假道学对她完全失去了控制，她的个性摆脱了礼教的枷锁，从地狱到人间，她顽强地追求自己的理想和幸福。而还魂后，重回阳间，她没有放弃对自由爱情的追求，在父亲不承认他们的婚姻，逼她离开柳梦梅时，她便愤然回答："叫俺回杜家，讪了柳衙，便是你杜鹃花也叫不转子规红泪洒。"追求爱情的坚贞和持久，不达目的誓不罢休的至情至性，这就是杜丽娘所具有的感人力量。《惊梦》《寻梦》《诊祟》《写真》《闹殇》等上演着杜丽娘对生命价值，对自由爱情的不懈追求，用她的行动向封建礼教，向封建王朝进行反抗与控诉。杜丽娘是古代少女追求自由爱情、反叛世俗，与"命定"抗争的先驱和代表。

(3) 情与理的尖锐冲突，使杜丽娘形象具有普遍的社会意义。

《牡丹亭》题词中汤显祖说："如丽娘者，乃可谓之有情人耳。情不知所起，一往而深。生者可以死，死可以生。生而不可与死，死而不可复生者，皆非情之至也。"意在把戏剧中的杜丽娘作为"至情"典范来演绎，以戏剧形式展现其哲学理念。杜丽娘对爱情热烈执著的追求，是对情的宣扬，对理的叛逆。

杜丽娘是父母眼中贵族之家贤淑的典范，但内心有着不为人知的强烈的情欲本能，"吾今年已二八，未逢折桂之夫;忽慕春情，怎得蟾宫之客?"尽管她渴望性爱，但从小受到的封建教育形成一种强大的自我阻碍力，从而约束了她的本能冲动。这种本能冲动越压抑，其产生的追求欲就越强。"关雎"的催动，春色的美好，让处在现实压抑状态中的她在梦中突破了压制，摆脱了礼教束缚，大胆接受柳梦梅的爱情，她唱出了千百年来中国女性不敢提及，而又是生命原本就有的情歌恋曲，领略了人类固有的在每一个正常人体内蓬勃跳动的欲望。

杜丽娘追求"天然之情"，对柳梦梅，是由"欲"到"情"，首先是青春寂寞才会与柳梦梅冲破男女之防，是自然迸发的生命冲动引向与柳梦梅的梦中幽会，享一时之欢，由此才孕育了生死不忘之情的。杜丽娘在相思与绝望中死去后，身虽死，但激情并没有消退，《魂游》《幽媾》《欢挠》又一次让我们观察到了杜丽娘的真实内心世界。而在《幽媾》中，杜丽娘更是大胆地摆脱了封建礼教的束缚，释放了被压抑许久的情绪，以鬼与梦梅相恋结合，喊出"生生死死为情多"的人生宣言。经过爱的洗礼死而复生的杜丽娘，敢于面对封建家长，在金銮殿演绎自己"生生死死为情多"的经历，面对皇帝重复提出她回生时承诺的："必待父母之命，媒妁之言"始可成亲，她侃侃答道："真乃无媒而嫁？保亲的是母丧，送亲的是女夜叉!"丽娘的抵抗性格发挥到了至高处，顽强地捍卫了自己的爱情。

杜丽娘"以情抗理"，对性爱的执著追求和大胆抗争终于赢来了胜利，《牡丹亭》中复杂的心路历程完成了她自我性格的塑造，反抗"理"的秩序，达到至"情"的境界，这在客观上也鼓舞着青年男女为争取恋爱婚姻自由与封建礼教做斗争，这种毫不掩饰地张扬个体、张扬情欲的意识，宣扬了真情的神圣和超越生死的力量，也正是《牡丹亭》的卓越与深刻之处。

(4) 封建意识的残留和对于功名的追求体现了杜丽娘自然健全的人性

在《牡丹亭》中汤显祖集中了自己的希望与追求，塑造了杜丽娘这样一个代表着个人觉醒的艺术形象。仔细阅读作品我们似乎还能看出她不易被人察觉的另外一些性格特点。她死而复生后，念念不忘媒妁之言，父母之命，不忘柳梦梅的科举功名，这样的设置使杜丽娘这样一个近乎完美、超乎现实的形象具有了更加丰富的色彩和健全的人性。

在追寻到自己所恋之情和所盼之情后，杜丽娘仍是希望自己的婚姻要有"父母之命，媒妁之言"，"走婚"中，当柳梦梅急欲与还魂后的杜丽娘结成夫妻时，杜丽娘却说：

【旦】秀才，可记得古书云："必得父母之命，媒妁之言。"

【生】日前虽不是钻穴相窥，早则钻坟而入了，小姐今日又会起书来。

【旦】秀才，比前不同。前夕是鬼也，今日是人也。鬼可虚情，人须实礼。

死而复生后的杜丽娘在经历了死死生生的波折历程后，她需要社会的认可，她需要自我价值的实现，要求有与"虚情"不同的"实礼"的婚姻形式。"必得父母之命，媒妁之言"是封建社会对自由婚姻的顽固约束，本是杜、柳二人急欲推翻和摒弃的教条，在此时，她却尽力按此规矩去做，虽然无法得到"父母之命"，但她让石道姑做媒，得到了"媒妁之言"。她给柳梦梅的理由是："那是魂，这才是正身陪奉。伴情哥则是游魂，女儿身依旧含胎。"说明了虽然杜丽娘高举反封建礼教的大

汤显祖与《牡丹亭》

69

古代戏曲名著

旗，可那些渗入骨髓的封建残毒不是短时间内可以消除的，而她做到的已实属不易，也是汤显祖将杜丽娘塑造成一个健全的自然人的重要一笔。

杜丽娘不仅期待自己在社会中有完美的形象和良好的表现，更看重夫婿政治地位的实现。"

【小措大】（旦把酒介）喜得一宵恩爱，被功名二字惊开。好开怀这御酒三杯，放着四婵娟人月在。立朝马五更门外，听六街里喧传人气概。七步才，蹬上了寒宫八宝台。沉醉了九重春色，便看花十里归来。【前腔】（生）十年窗下，遇梅花冻九才开。夫贵妻荣八字安排。敢你七香车稳情载，六宫宣有你朝拜。五花诰封你非分外。论四德、似你那三从结愿谐。二指大泥金报喜。打一轮皂盖飞来。【尾声】盼今朝得傍你蟾宫客，你和俺信精神金阶对策。"杜丽娘在憧憬着夫荣妻贵，恩爱和谐的美好生活。"婚走"临安，陪柳生上朝取应并为他的高中而骄傲："爹娘，人间白日里高结彩楼，招不出个官婿。你女儿睡梦里，鬼窟里选着个状元郎。"可见杜丽娘的自豪与满足。而对杜丽娘的功名欲望作者是予以肯定的，毫无批判之意，这也是汤显祖政治理想和愿望的表达。

以上种种对杜丽娘看似矛盾和冲突的表现展示出她作为一个活生生人的多彩和完整。

汤显祖笔下杜丽娘在一种时代的压抑和窒息氛围中生存、成长，她被情累，为爱追。她为情而死，为情而生的动人力量激励人们冲破封建礼教的束缚，勇敢追求美好幸福的生活。杜丽娘是中国古代文学画廊中一个光彩照人的艺术形象。

2. 柳梦梅——风流偶傥雅才子　痴情血性真男儿

《牡丹亭》中杜丽娘的形象深入人心，人们也往往把注意力和赞美之辞都放在杜丽娘身上，但柳梦梅是促成杜丽娘个性解放，意识觉醒的重要人物，儒雅多情、偶傥风流、憨直自信、血气方刚的他携手杜丽娘共同完成了对至情的守护和对于封建礼法束缚人性的反抗。

（1）至真至情　可亲可爱

柳梦梅在作品中最突出的地方要数他对杜丽娘如痴如醉的爱，他从内心发出的无掩饰的至爱

真情，不仅打动了丽娘的心，也让世人看到了汤显祖笔中封建礼教下那无法拘束的可亲可爱的形象。他聪慧饱学，又有些自视清高；童心未泯，自然会不谙世故；书生气十足，却不像一般书生那样文质彬彬，而是带着一种敢说敢做的傻劲。

戏剧一开始，柳梦梅就只因梦见园中梅花树下亭亭玉立的女子说："柳生，遇俺方有姻缘之分，发迹之期。"便无法忘怀，而将父母所起的名字改为"梦梅"，只因一个梦，只因梦中的女子。可见，从第一次在梦中与杜丽娘相见，就在心中播下爱的种子。

在《惊梦》的中他被"如花美眷"折服，对杜丽娘毫无掩饰地诉说："咱爱煞你哩。"当他得到钦差使臣苗舜宾资助，赶考途中病卧梅花庵观，有幸拾到丽娘的自画像后，见其美貌非常，疑为观音，仿佛嫦娥，妙下可言，似曾相识。对着画儿说："相看四目谁轻可！恁横波，来回顾影，不住的眼儿睃。"对画的"赏——猜——识——叫"过程中呈现的一言一笑，一张一弛，仿佛只有他是最能体味画中人情意的人。"美人，美人！姐姐，姐姐！"是他情不自禁的呼唤，"少不得将小娘子画像，早晚玩之，拜之，叫之，赞之"。既憨态可掬，又感人至深，正与杜丽娘感叹自己的美好无人欣赏呼应，此时杜丽娘的美貌、才情终于被有情的柳梦梅发现、珍惜，怎能不让人喜悦、振奋。

对于杜丽娘的因慕色伤心气绝，杜宝不相信，阴间的判官也不相信，而柳梦梅疑惑了一下：敢是梦也？之后便相信了，对丽娘这一丝夜半飘来的游魂说："你是俺妻，俺也不害怕了。"甚至对丽娘十分怜爱，处处为她着想，可见他对丽娘的一往情深。当丽娘要求其爱情专一时，他爽快答应，拈香发下"生同室，死同穴"的誓言。如果不是柳生那一句句至诚的呼唤，又怎能将丽娘的游魂儿吸引住？丽娘爱他"一品人才"，更看重他"情倾意惬"，所以才能生死以之："前日为柳郎而死，今日为柳郎而生。"《冥誓》中更为可贵的是，他遵照丽娘嘱咐，不顾"开棺见尸，不分首从皆斩"的律条，冒着掉脑袋的风险和身为读书人的耻辱，请求石道姑帮助，掘坟开棺助丽娘起死回生。丽娘回生后见到他说的第一句话就是："咳，柳郎真信人也！"并且赞他"重生胜过父娘亲"。这掘坟起尸，不顾礼法的大胆举动是丽娘的真情给了他勇气与胆识，从这种意义上说，他是丽娘复生的力量源泉。开棺后他顾不得自己承担的风险，心心念念记挂着杜丽娘回生后要定魂汤药压惊，他甚至不舍得把杜丽娘口中吐出的水银赏人，说："此乃小姐龙含凤吐之精，小生当奉为世宝！你们别有酬犒。"把一个善良、憨厚、痴情的书生活画了出来。

丽娘重生之后，听说父亲任淮扬安抚使，正在抗金前线，急于知道父母消息，他便不怕风险，风餐露宿，背着包袱、带着雨伞去赴前线代妻探望父母，吃尽了苦头，却又心甘情愿。他面对杜宝傻乎乎地称"杜老爷女婿拜见"，自讨没趣，还被杜宝当成了骗子。太平宴上，虽被拒绝接见，却傻傻地在班房里打起"太平宴诗"的腹稿来，以备应对岳父考他的文才。他实在饥困难当时，便不管不顾"冲席而进"，还动手打了前来拦阻的人。柳梦梅满心欢喜地带来丽娘重生的消息，却被杜宝吊起来拷打，而当郭驼寻至并给他带来了中了状元的喜讯的时候，他只道："真个的？快向钱塘门外报与杜小姐知道！"而不是立即要求停止吊打，这样的情深意重，让人又怜又爱。佣人郭驼见主人柳梦梅被岳父杜宝吊打而大呼："是斯文倒吃尽斯文痛，无情棒打多情种。"这显然是对柳梦梅准确而又中肯的评价。

(2) 刚毅自信　敢做能为

柳梦梅不仅对杜丽娘痴心一片，更吸引人的还是他不畏权贵、不畏强暴的刚强性格。掘坟救妻，婚走临安，前线寻亲，已经表现出他刚毅自信、敢做敢为的性格。

他刚强性格之集中表现则在《硬拷》和《圆驾》两出。他丝毫不惧怕相府的权势，据理力争，"剑气吐长虹"。《硬拷》中杜宝根据陈最良的指控，认为他是"奸盗诈伪"、掘坟盗墓的人，却毫无所惧，"小生为小姐费心，除了天知地知，陈最良那得知！"并叙救活杜丽娘情形，并坚定且骄傲地说："我为他礼春容、叫的凶，我为他展幽期、耽怕恐，我为他点神香、开墓封，我为他唾灵丹、活心孔，我为他……"言语之中渗透着对丽娘的深情，可杜宝以为他"着鬼了"，命令"取桃条打他，长流水喷他"。吊打让一介书生痛楚难当而他却绝不屈服，那心中荡漾的情感更是他坚持到底的支撑。待被前来迎接状元的会试主考官苗舜宾救下之后，他不顾

余痛而调侃杜宝，说有朝一日，"我呵，人雄气雄；老平章深躬浅躬，请状元升东转东。"柳生威武不屈的气魄令人钦佩。然而杜宝仍是拒不承认女儿还魂一事，只得请出圣上裁决，他更以藐视相爷的高姿态出现。上殿之前，他对杜宝说："今日梦梅争辩之时，少不得要老平章搁笔。"接着责其军事无能，揭露出他靠贿赂贼将李全的妻子杨婆而退兵之事，又控诉他犯了"纵女游春""女死不奔丧，私建庵观""嫌贫逐婿，吊打钦赐状元"三大罪状，而平日威风凛凛的宰相杜宝只有应声"是了""罢了"的份了。柳生不仅敢于面对权贵，而且机敏果敢，上殿之前已经占了上风，金殿之上更是据理力争。首先是辨认丽娘是人是鬼，特证明"委系人身"之后，又有个"自媒自婚"的问题。对于这个问题，丽娘除了以"臣妾受了柳梦梅再活之恩"为理由之外，还自豪地承认"真乃是无媒而嫁"，说"保亲的是母丧门"，"送亲的是女夜叉"，直以鬼婚为荣。柳生则与丽娘紧密配合，理直气壮地宣称他与丽娘人鬼之婚"是阴阳配合正理。"语似打诨，意却严肃，寄寓着作者以情抗理的思想。待圣旨命"父子夫妻相认，归第成亲"，柳生却只认丈母，不认丈人。陈最良劝他，他却说："则认的十殿阎君为岳丈！"这是气头上的话，却有着同样的寓意。

（3）才学兼备　积极进取

柳梦梅只是一个赶考的士子，他并没有亲自参加宋金之间战争，只是曾经受杜丽娘所托去前线探亲，并报杜宝女儿未死的好消息。然而在"耽试"中，面对试题"和战守三者孰便"，他以"可战可守而后能和。如医用药，战为表，守为里，和在表里之间"作答，针对当时边事软弱与颓废的被动局面，强调以足兵足食的实力灵活掌握边事战和之主动权的一个良好愿望与理想，面对再问"则当今事势何如"，他以"当今呵，宝驾迟留。则道西湖昼锦游。为三秋桂子，十里荷香，一段边愁。则愿的'吴山立马'那人休。俺燕云唾守何时就？若止是和呵，小朝廷着杀江南。便战守呵，请銮舆略近神州"回答，他对战争与边事问题高明的策论反映了他非凡的政治韬略与杰出的才能。虽受到苗舜宾的提携，但确是一名良才。这正好也与代表封建理学的杜宝等人做出的荒唐错误的决定产生了鲜明的对比，表明了只有未受传统理学禁锢与腐化的人才具备真才实学。

柳梦梅为柳宗元后代，出身高贵，却流落岭南，"几叶到寒儒，受雨打风吹"；有一腔才学，却"未遭时势，不免饥寒"；身处逆境，却没有失掉抱负，所谓"贫薄把人灰，且养就这浩然之气"。虽满腹经纶，但困于饥寒，为了求取功名不可避免地干谒权贵，可他并没有一味地卑躬屈膝。可以说在这一方面汤显祖是有意让柳梦梅成为一个真实的人物，展现一个真实的社会。

柳梦梅是汤显祖笔下一个具有理想主义色彩的晚明士子形象，无疑体现了作者的文人价值观，带有进步的人文气息。不可避免地，柳梦梅也有性格上的缺陷，他并没有什么济国安邦之志，在与杜丽娘相恋相处的过程中，言行举止也多少有些轻佻。但这些是柳梦梅这个艺术形象必然携带的现实生活印迹。

柳梦梅是一位忠于所爱、藐视礼法的痴心情种，是一位不谙世事，憨诚可爱的饱学书生，是一位不畏强暴、敢作敢当的铮铮硬汉，他与杜丽娘一起反抗封建礼教对其身心的禁锢，追求自由与幸福，有力地反衬了现实的黑暗，是《牡丹亭》中另一光彩照人的艺术形象。

3. 杜宝——封建官僚的代言祸首　爱女忠国的慈父良臣

《牡丹亭》中的杜宝一直是被作为此剧的配角被后人来分析的，对杜宝的态度也多以贬斥为多，我们在仔细研究剧作的基础上，应更全面深入地看待这一人物形象，看待他在作品中所反映的历史真实性和作者要表达的爱憎情感。

（1）杜宝是封建家长与封建官僚的代言人。

作为主人公杜丽娘的父亲，他的封建思想根深蒂固，是剧中杜丽娘"情"的主要对立面人物。在家庭中，思想僵化的他对杜丽娘严加管教，严格限制杜丽娘的生活天地，处处"拘束身心"，规定她读书绣花，连睡午觉也要横加干涉，而且不得出"香闺"，使得丽娘连自家后园都没去过。还有在"训女"的开场白中就说到："三年出守，清明惠政，播在人间"，俨然是封建专制的代表。作为南安太守，后晋升为安抚使和宰相的杜宝和杜丽娘、柳梦梅间的矛盾，是不同社会理想之间的冲突。他束缚和摧残丽娘的个性，破坏丽娘的婚姻，努力按照自己的愿望行事，力图把丽娘培养成典型的封建淑女，是整个封建制度迫害青年一代的典型代表。

但是，杜宝并非有意扼杀杜丽娘追求自由生活的

美好愿望，种种管束都是出于爱女心切之情。杜宝没有儿子，只有丽娘一个女儿，虽然存在着宗法观念制度下男尊女卑的观念，但从来没有对女儿厌恶或排斥，他把"光宗耀祖"的希望全部寄托在女儿身上，以封建礼教训导女儿。他指望为女儿招得个"好女婿"，来继承他的功业。尽管在我们看来是假道学，剥夺女儿和追求理想生活的愿望，然而，即使是出于封建伦理道德的教育也是他真心爱女的流露，当失去爱女时，杜宝伤心痛苦，不能自已，场面真实动人。《闹殇》中有这样一段对白："（外）快苏醒，儿，爹在此。（旦作看外介）哎哟！爹爹，扶我到中堂去罢。（外）扶你也，儿。（扶介）（旦）爹，今夜是中秋？（外）是中秋也，儿。"字里行间饱含着对爱女的深情。虽无法亲自打理女儿的后事，但交代陈最良："因小女遗言，就葬后园梅树之下，又恐不便后官居住，已分付割取后园，起座梅花庵观，安置小女神位。就着这石道姑焚修看守。"甚至在翁婿拒不相认的关头，一见杜丽娘昏厥在地，竟情不自禁地惊呼一声："我的丽娘儿！"骨肉之情流露无遗。作品在不少地方都表现了他的爱女之情，增强了人物的历史真实性和艺术说服力。

（2）杜宝还是一位爱国的忠士　爱民的好官

杜宝不只是一位封建家长，还是一位忠君爱国的忠士。作者也用了不少笔墨描写他的文治武功。《劝农》中描写到："〔生、末扮父老上〕白发年来公事寡。听儿童笑语喧哗。太守巡游，春风满马。敢借着这务农宣化？俺等乃是南安府清乐乡中父老。恭喜本府杜太爷，管治三年，慈祥端正，弊绝风清。凡各村乡约保甲，义仓社学。无不举行。极是地方有福。"通过村夫野老之口，称赞在他管治下"弊绝风清"，着力颂扬了他的不凡政绩。

"闹殇"中"金寇南窥，南安知府杜宝，可升安抚使，镇守淮扬。即日启程，不得违误"。国难当头，委以重任，可见朝廷对他的重视和依赖，从侧面交代了他的作战能力。杜宝在痛失爱女同时也是国难当头之际，他把抵御敌人放在第一位，将女儿的后事交代给了别人，便匆匆上路。也表现出了一种以国家为重的气度和气节。以后更是浓墨重彩地描写了他的赫赫战功。而后《硬拷》中又因平叛有功而"叨蒙圣恩，超迁

相位"。可谓功勋著于当代、宦名闻于一时的封建理想官僚。而文中对封建礼教势力的小丑，诸如祝公远、崔夫人之类的刻画，反衬了杜宝作为一个封建社会的忠实臣子，既忠心维护腐朽的封建制度，又有可敬的政绩功业。

但他在宋金之战中消极守御策略的无力以及议和之计的荒唐，连他自己也不由发出了"生还无日，死守由天"的哀叹，在他卓著的功勋章上涂上了颇具悲情和充满闹剧的色彩，暴露了国家在边政上软弱与无能的局面，体现了作者对封建阶级清醒的政治态度。

总之，杜宝是《牡丹亭》创作中一个矛盾的综合体，通过劝农、抗金等情节反映了他是一个爱民如子的好官；同时也是一个以自己的方式疼爱女儿的好父亲。另一方面，他是腐朽顽固的封建统治阶级的代言人，与杜丽娘所追求的理想世界形成对立，是制造杜丽娘和柳梦梅最初爱情悲剧的祸首。具有丰富、复杂的思想性格的杜宝是《牡丹亭》中又一鲜活的人物形象，也是作者汤显祖的政治理想和政治态度的体现。

除了杜丽娘、柳梦梅、杜宝三位起支撑作用的主要人物外，其他人物的塑造也是形象鲜活，性格突出。杜夫人是爱情故事中另一位封建家长形象，在思想上积极维护刻板的礼教，在行动上积极推行礼教之道，然而作为丽娘的母亲却又心地善良。小春香乖巧精灵，虽然是名婢女，但对丽娘春情的觉醒和爱情的追求起到独特的启发和推动作用。陈最良儒朽腐酸，一辈子恪守礼教之道，是一个自己深受礼教之害而不自知、尚以之毒害别人的形象。苗舜宾是作品中的一个特殊人物，在他身上既反映了朝廷生活的腐败，也寄托着作者希望朝廷能够振作朝纲，并选拔和任用柳梦梅这样有真才实学的人才来治国安邦的热切愿望。此外还有荒诞的石道姑、阴冷的判官、忠善的郭驼，形形色色的人物，围绕着主线，以各自迥异的性格特征和行为脉络，展示着《牡丹亭》丰富多彩的人生画卷。

（五）《牡丹亭》的艺术特色

汤显祖说"一生'四梦'，得意处惟在《牡丹》"。沈德符《顾曲杂言》说："《牡丹亭梦》一出，家传户诵，几令《西厢》减价。"不但具有深刻的思想内涵，而且表现了卓越的艺术成就的《牡丹亭》，凭借曲折离奇的故事情节、生动细腻的人物刻画和华丽优美的文学语言，几百年来一直激荡着人们的心灵。

《牡丹亭》在艺术上最大的特点是把浪漫主义手法引入传奇创作。

1. 艺术构思的浪漫主义风格，使情节离奇，曲折多变

《牡丹亭》着眼点是面向未来，呼唤未来，期盼有情社会的到来，侧重在对理想的憧憬，因此浪漫主义自然会多一些。《牡丹亭》故事情节本身就曲折离奇：杜丽娘因情成梦、因梦生情、为情而生、为情而死的异乎寻常的情感历程是无法用现实主义的表现手法来完成的，必须借助超现实的想象。杜丽娘终于能实现自己的爱情愿望，也显然是理想的胜利而不是现实的胜利。

作者借助于离奇的情节，运用现实与梦幻相间描写的手法，无形中揭露了封建婚姻制度造成男女青年形神分裂的罪恶，表现了理想世界与现实世界的尖锐对立、激烈冲突和不可调和的矛盾。如"游园"部分运用了现实主义的笔法，具有写实性；"惊梦"部分富于浪漫主义的色彩，充满理想性。

全剧借梦言情，用笔细腻、意脉曲致，基本构思突破了现实生活的限制，在幻想中显示着细节之真，人性之真，充满了浓烈的理想主义色彩与强烈的主观精神追求，也产生了强烈的时代共鸣感和现实批判力。

2. 从"情"的理想高度来观察生活和表现人物

汤显祖深受佛道思想的影响，道家着重追求"自然"，特别是庄子追求"绝对自由"的人生观，道教中天地神鬼所组成的世界构建了他的"至情"论。这些都为杜丽娘追求至情做了铺垫。

在《牡丹亭》剧本里，汤显祖力透纸背地书写了一个字：情。因此，汤显祖的戏剧都离不了一个情字，他肯定人出自天性的一切合理欲求，其中，既包括男女自然情欲，也包括个人自我实现的需要。表现了情感与个人理想、价值观紧密结合。从杜丽娘敢想、敢做、敢爱、敢死、敢生的壮举中也可以清晰地看到这种轨迹。

《牡丹亭》可谓明传奇中一场书"情"的大戏，经典的惊梦、寻梦、写真、闹殇、魂游、幽媾、欢扰、冥誓、回生等戏目无不抒发了主人公对人类的至爱、渴望、憧憬和

理想。汤显祖用浪漫的描写手法把"情"的观念，把自己无法解脱的思想苦闷和社会矛盾冲突，贯穿于整体构思，渗透于整部作品。"但使相思莫相负，牡丹亭上三生路。"《牡丹亭》的"情"是剧中人的情，更是作者的"情"。

3. 创造了一系列的意象，渲染并增添了戏剧的浪漫气息

《牡丹亭》的创作中大量运用了各种意象，如梦、柳、梅、牡丹亭等，使其具有震撼人心的艺术魅力和深刻的思想意蕴。

文中共有两处写到"梦"：一是柳梦梅的梦。第二曲《言怀》中写道："梦到一园，梅花树下，立个美人，不长不短，如送如迎。"柳梦梅的梦为后来杜丽娘的梦下伏笔，使作品产生了一种似有似无的梦幻之感。二是杜丽娘的梦。她因慕春望春而成春梦。梦在这里已超越物之表象，而具有某种象征意义，也就是说具有意象的性质。"梦"已经成为自由、解放的一条途径、一种象征。在梦中，杜丽娘第一次享受到爱情的美好，领略了生命的真谛。然而，梦终归是梦，梦醒后杜丽娘感梦而亡，反映她在现实中挣脱束缚，实现理想是不可能的。汤显祖通过"梦"的意象，深刻揭示封建礼教摧残人性的罪恶本质，把情和理的冲突所造成的思想苦闷表现得淋漓尽致。汤显祖曾自谓"一生'四梦'，得意处惟在（牡丹》。"可见"梦"在汤显祖心中、在他的戏曲文中的核心作用。

梅意象在中国文学史上有着丰富的文学内涵，或表达相思、离别之苦，或体现清冷孤傲之品，或有贬谪之意。在汤显祖笔下的梅意象有着丰富多彩的表现力与独树一帜的特色，他非常重视对残梅意象、梅树意象和梅子意象的运用，既体现了对梅意象的传统内涵的继承，又呈现出其独特之处。柳生梦见美丽的女子亭亭玉立于在梅树之下，便改名"柳梦梅"。在杜丽娘梦中更是梅树绿叶如盖，一见倾心，后因梦感伤而死，便要求葬于梅树之下。后杜丽娘魂游梅花庵，见到石道姑在净瓶中供奉的残梅，便慨然叹道："梅花啊，似俺杜丽娘半开而谢，好伤情也。"更是直接将残梅与一己之命运相关照，无限感伤，体现梅意象的相思与离别之意。在梅这一意象上寄托了杜丽娘这一形象的特质，梅与人合一，既在于杜丽娘有梅花之清幽冷傲，更在于她的倔强与执着，这集中体现为

梅花耐寒而开、不畏风雪的品性与杜丽娘执着不畏礼教、追求爱情的相似性上。可见作者匠心独具。而其对梅意象的运用又与以往文人多表现盛开的梅花不同，汤显祖主要集中于绿叶如盖、青子累累的梅以及残梅，使梅意象的运用方法更加灵活和丰富，使梅意象在梅自然生长的每个阶段都能够折射出独特的人文意义和文化内涵。

柳枝这一意象在全剧中意义非凡，为柳、杜二人爱情蒙上一层命定的色彩。作者在创作时选用柳枝作为两人梦中相见的信物，梦梅姓柳，手中执柳，柳梦梅一直被杜丽娘称为执柳的书生，也可以说作者以柳代表着柳梦梅，是柳梦梅其人的一种内在精神的外化。在第十四出《写真》中，杜丽娘所说"此莫非他日所适之夫姓柳乎？故由此警报耳"，就是说"柳"枝暗示了梦中姻缘男主角的姓氏，为"不在梅边在柳边"的日后姻缘写下注脚和暗示，为杜丽娘与柳梦梅的夫妻缘分蒙上一层命定的色彩，从而为后来的杜、柳人鬼幽媾减少一些社会道德批判。此外，柳树生命力很强，民间有"断植之更生"的认知，在"柳"这一意象上类比和移情，就产生了另一层的含义，那就是"柳"暗示和象征了杜丽娘"生而死，死而生"的整个艰难过程，而最终会像柳一样"更生"、顽强地成长。同时，也隐喻着赠"柳"之人柳梦梅是给予其复生力量的源泉。

《牡丹亭》在人物塑造方面注重展示人物的内心世界，在矛盾斗争中揭示人物性格，从而塑造出一系列生动鲜活的人物形象。

从《牡丹亭》的结构安排来看，其情节的发展始终交织着两条线索，一条是杜丽娘、柳梦梅奇特的爱情，一条是杜宝辉煌的文治武功。前者展示了理想世界的自由幸福，后者展示了现实世界的威严显赫。全文交织秩序森严的现实与自由浪漫的理想的正面冲突，展示着理想与现实不可妥协的矛盾，渗透着情与理的纠缠。也正是在矛盾冲突中才能使主人公的形象鲜活而有力。作者不但善于在渐次推进的矛盾发展过程中来揭示人物不断发展的性格，而且善于深入人物的内心世界，发掘人物幽微细密的情感，使之形神毕露，从而赋予人物形象以鲜明的性格特征和深刻的文化内涵。《惊梦》通过景物、动作、语言、梦境等的描写，以或委婉表达，或直抒胸臆等多种方式道出了杜丽娘青春的苦闷、情思的荡漾以及她对美好生活的向往和追求、对冷酷现实的抗议和斗争，把她微妙复杂的内心世界描绘得既委婉曲折，又真实生动；既层次分明，又入木三分。除杜丽娘这一光彩夺目的形象外，柳梦梅、杜宝、陈最良等人物也刻画得栩栩如生，具有鲜明的性格特征和深刻的文化蕴涵。

三是语言华丽，曲辞优美，意境深远，富于个性化和诗化。

汤显祖具有出色的文采和深厚的文学修养，以语言的绮丽华艳、典雅蕴藉著称，奇巧、尖新、陡峭、纤细的语言风格也是使其深受肯定的原因之一。《牡丹亭》是汤显祖戏剧创作的最高成就，既继承了元杂剧本色语言的优良传统，又融合有六朝辞赋、五代词作的绮丽文采，别具风格，因而人们也往往把《牡丹亭》的语言风格，看做汤显祖剧作语言风格的典型代表。王骥德《曲律》也提到《牡丹亭》"掇拾本色，参错丽语，境往神来，巧凑妙合，又视元人别一蹊径。"陈继德在《牡丹亭题辞》中说："独汤临川最称当行本色，以《花间》《兰畹》之余彩，创为《牡丹亭》，刚翻空转换极矣。"

从《牡丹亭》全剧来看，其中的唱词和宾白都写得很优美，特别是唱词，婉转清丽且细腻动人。通过诗与剧的谐美结合创造出诗情画意般的戏剧情境，极具艺术感染力。作者正是以如此自然本色而又绮丽清新的戏剧语言来表达不同人物形象的不同特质和性格特点，增强戏剧的感情色彩，使剧本产生更大的感染力。杜丽娘唱词时而优美自然如小溪细吟，时而真挚抒怀如波涛奔腾，适时地表现出她不同境遇中的不同心绪，将其奔放感情和委婉心理表现得恰到好处，在"戏"完整紧凑的情节中饱含着诗凝练、浓重的色彩。

此剧还体现了作者活用典故的高超技艺。"剪不断，理还乱"引用的是南唐后主李煜《乌夜啼》中的"剪不断，理还乱，是离愁。别是一般滋味在心头"。"沉鱼落雁""羞花闭月"出自庄子《齐物论》。"朝飞暮卷"是化用《滕王阁诗》"画栋朝飞南浦云，珠帘暮卷西山雨"的诗句。汤显祖不但在多处引用活用古代经典的诗句，而且配合场景与人物的内心活动，不但使原诗句本身又具有了更深更多的内涵，更使本曲的表达更加贴切、完美。如"良辰美景奈何天，赏心乐事谁家院"则出谢灵运《拟魏太子邺中集诗序》："天下良辰美景，赏心乐事，四者难并。"表现杜丽娘丰富的内心世界，在欣喜中混合着哀愁，在短暂

的自由的享受中混合着对"理法"的抗争。《红楼梦》第二十三回中写到林黛玉听贾府家的戏班表演《牡丹亭》的"惊梦",因有感其精彩的唱词从"不觉点头自叹"到"心动神摇",再到"越发如醉如痴",可见林黛玉受到了强烈感染,迸发出共鸣。作者对古代经典的名句信手拈来,精心打造,又何止感染了林黛玉一个人?

　　《牡丹亭》基于生活,高于生活,继承元杂剧的本色传统,又自铸入进古典诗词,锤炼出一种真切自然与华彩空灵相结合的戏曲语言,充分展现了作者文辞的华美与清丽,既富于诗情画意又绚烂多彩,表现出很高的艺术水准。文中的一些唱词直至今日仍然脍炙人口,传唱不衰。

汤显祖与《牡丹亭》

洪昇与《长生殿》

　　洪昇是清代一位伟大的戏曲作家、诗人。他的代表作《长生殿》讲述了唐玄宗李隆基和贵妃杨玉环这一帝妃之间的爱情故事，既颂扬了生死不渝的人间真情，又批判了中国封建时代上层统治阶级的骄奢淫逸，展示"安史之乱"前后广阔而丰富的社会生活图景，是清康熙年间剧坛上最成功、最有影响的作品。《长生殿》自问世以来，一直盛演不衰，成为戏剧界永恒的保留剧目。

一、可怜一曲《长生殿》断送功名到白头

（一）洪昇生平简介

洪昇（1645—1704 年）是清代一位伟大的戏曲作家、诗人。字昉思，号稗畦，又号稗村、南屏樵者，钱塘（今浙江杭州市）人。

洪姓世代书香是钱塘有名的家族。他就出生在杭州这样一个富裕的士大夫家庭，家里藏书很多，有"学海"之称。其父名字不详，但是喜好读书，也很健谈，在清朝做过官。母亲是大学者黄机的女儿。年少的时候，曾接受过正统的儒家思想教育。洪昇学习非常勤奋，很早就显露出才华，15 岁时就已经很有名气了，20 岁时已创作出了许多诗文词曲，受到人们广泛称赞。洪昇小的时候就常和自己的表妹、黄机的孙女一同游戏，两人青梅竹马，康熙三年（1664年）七月，洪昇 20 岁，两个人亲上加亲，结成夫妻。4 年后，洪昇曾到北京的国子监学习，想以此求取功名，可呆了一年，却并没有得到任何进身的机会。感慨之余，又常常怀念家乡的朋友，想念自己的母亲，所以在失望中回归故乡。洪昇的师友，对于孝节等道德观念非常尊崇。他的老师陆繁弨即"以孝义为乡里表率"；好友陆寅也以"性孝友"为人称道，影响所及，洪昇亦努力做一个孝子。但是当洪昇回到杭州以后，由于别人的挑拨离间，他和父母的关系竟日益恶化，最后不得不带着妻子与父母分开另过。在这期间，他为了衣食生计到处奔波，有时穷得甚至吃不上饭。事情却并没有到此结束，父母的愤怒有增无减，没有办法，洪昇只好躲出杭州，康熙十二年(1673 年)冬天，又一次前往北京谋生，怀着痛苦的心情，一住就是十七年。

在客居京城的日子里，洪昇生活艰难，甚至不得不靠卖文为生。虽然是无

辜被父母斥逐，但洪昇仍竭心尽力地做着孝子。康熙十八年冬，洪昇35岁那年，他的父亲遭诬陷而被流放远方，母亲也被责令同行。听到这个消息，他日夜兼程，赶回杭州，侍奉父母北行，又四处奔走呼号，向一些王公大臣求情，后来终得以赦免，为此他已经面黄肌瘦，心力交瘁。经过这一场变故，洪昇父母的生活也没有了保障，本已拮据的洪昇又担负起赡养父母的责任。他多次返乡探望父母，屡屡奔波于北京、杭州之间。飘零奔波的生活，使洪昇身心疲惫，感受到难言的痛苦。也正是这苦难的生活使他开始注意到了普通百姓的疾苦，写了《京东杂感》《衢州杂感十首》等诗，表达了对百姓历遭兵灾、水灾的深切同情，更体现出洪昇对社会现实有了更深的认识。

康熙二十七年(1688)，洪昇把传奇戏曲《舞霓裳》改写为《长生殿》，刚写出稿子，立即受到朋友们的称赞。在演员们的要求下，这个本子被搬上了舞台，成为当时最受欢迎的剧目。此剧更被康熙皇帝看中，招当时的戏班演出《长生殿》，引起巨大轰动，以至于亲王大臣们凡是有宴会，就一定会演出此剧，而且赏赐也极为丰厚。第二年秋天，戏班为了答谢洪昇，在他的寿诞之日，为他来了个专场演出。洪昇非常高兴，和好朋友一起庆祝，京师各界有名之士五十余人前来捧场，观看演出，此时的洪昇可以说前途一片光明。不料乐极生悲。他忽略了当时正是孝懿皇后的丧期，全国还处在祭奠之中，又由于洪昇平时狂放不羁，颇为时俗所妒，因而被一个叫黄六鸿的人举报，以国丧时大肆行乐的"大不敬"罪名上书皇帝弹劾了洪昇。于是，洪昇被刑部定罪打入牢中，放出来后，被国子监除名。连那些看戏的人也多被处分、革职。其实当时正是朝廷内南北两党之争。南党以刑部尚书徐乾学为首，多为汉族官僚；北党以相国明珠为首，多为满族官僚，互相争斗、抨击。洪昇与南党中的人比较亲近，与南党中重要人物高士奇关系密切，而《长生殿》所写兴亡之恨，在明清易代之际，实在是个敏感的题目；安禄山又是胡人，很易引发联想。于是北党就抓住这个机会向南党发难，借洪昇在国丧期间演剧，挑起事端来打击自己的政敌。

"可怜一曲《长生殿》，断送功名到白头。"洪昇怎么也没想到自己呕心沥血十多年，多次改稿，在穷困潦倒中写出的《长生殿》，竟然落了个害己又害人的下场。洪昇遭此大难，在京城中饱受歧视和

古代戏曲名著

讽刺，让他难以安身，于是心灰意冷，甚至想到佛教中去寻求解脱，最终于康熙三十年返回故乡钱塘。其实康熙皇帝并没有对《长生殿》剧本加以深究，康熙三十四年，《长生殿》重新刊刻出版，洪昇的老友毛奇龄作序，序中说："予敢序哉？虽然，在圣明固宥之矣。"明确指出康熙帝已不再追究这部剧本。虽然作者洪昇受到戏的连累，被除名返回乡里，可以说是命运一落千丈，但戏却没受作者之累而冷落，更没有受到观众的冷落。洪昇返乡不久，京师戏班不仅照演《长生殿》，而且名士朱彝尊、毛奇龄、尤侗等分别作序的《长生殿》剧本，相继刊刻出版。

康熙三十六年，在江苏巡抚宋荦命人安排演出《长生殿》时，前来观看的人密如蚁群，场面相当壮观。1704年，60岁的洪昇应江南提督张云翼的邀请来到松江。张云翼把洪昇奉为上宾，特意召集宾客，选了几十名好演员，上演《长生殿》。从此之后，吴山、松江(今上海)等地的昆剧班也相继演出。康熙四十三年，当时江宁织造曹寅，也就是《红楼梦》作者曹雪芹的祖父一向很有诗才，通晓声律，他在府内聚集了南北名流举行盛大的宴会，重演《长生殿》，特请洪昇来观看，并独让洪昇居于上座，置《长生殿》本在席上，给自己也放了一本。每当优人演出一折后，曹寅就与洪昇讨论，三天三夜才结束。离开京师，在乡下落魄生活了十多年，又看到了自己辉煌的剧作，洪昇悲喜交加。不幸的是，这也是他最后一次看《长生殿》的演出。自江宁返家途中，走到乌镇的时候，洪昇酒后登船，不小心失足落水而死。一代杰出的剧作家竟这样离去，结束了他坎坷的一生。

从康熙年间，直到清末，《长生殿》始终是深受民众喜爱的剧目，传唱不衰。清人梁廷柟在《曲话》中说："《长生殿》至今，百余年来，歌场舞榭，流播如新。"

(二) 洪昇的文学成就

洪昇是一位具有多方面才能的作家，一生著述甚富，致力于戏曲创作，他在文学创作上的主要成就也表现在戏曲方面。他的传奇著作除《长生殿》外，还有《回文锦》《回龙记》《锦绣图》《闹高唐》《节孝坊》

洪昇与《长生殿》

《天涯泪》《青衫湿》《长虹桥》共九种，杂剧有《四婵娟》一种，现在保存下来的只有《长生殿》和《四婵娟》两部。《长生殿》在中国戏曲史上占有重要地位，它使洪昇成为中国古代戏曲的代表作家之一，与清初另一戏曲大家孔尚任并称"南洪北孔"。《四婵娟》以古代才女韵事为题材，在创作时模仿徐渭的《四声猿》的体制，是由四个单折短剧组成，每折各写一个故事。第一折是谢道韫咏雪擅诗才，写谢道韫和叔父谢安咏雪联吟的故事；第二折是卫茂漪簪花传笔阵，写卫茂漪向王羲之传授簪花格书法的故事；第三折是李清照斗茗话幽情，写李清照和她的丈夫赵明诚斗茗评论古来夫妇的故事，赞美李清照和赵明诚夫妇是千古第一等的美满夫妻；第四折是管仲姬画竹留清韵，写管仲姬和她的丈夫赵子昂泛舟画竹的故事。《四婵娟》取材于历史上才女的佳话，四折间无内在联系，以抒情的词笔、闲适的心情描写诗人和才女们的才情，着力反映谢道韫、卫茂漪、李清照、管仲姬四位才女的才华及她们富有情调和充满文学艺术氛围的美满家庭生活，歌颂了主人公的才华和爱情，表现了作者一定程度的民主思想，反映了作者的妇女观及美学思想和爱情理想，和他在《长生殿》中描写的李、杨爱情有相同之处。

　　洪昇是一位著名的戏曲作家，也是一位颇有才华的诗人，早年就以诗闻名，其诗文词曲均达相当水平。诗集《啸月楼集》《稗畦集》和《稗畦续集》，集中多是纪游、赠人和感怀之作，内容大都感慨自己的坎坷身世和抒发个人的穷愁，调子比较凄凉。间或也有感慨兴亡及同情人民的诗篇。他的诗虽然思想不甚深，却具有真情实感。诗风接近唐人，于平淡处见功力，无雕琢矫饰之弊。他的散曲现存者有五个套数，虽是应酬之作，却也流露出他潇洒恬淡的情怀，遣词造句，清新秀逸，可以看出作者的功力。他的诗在编选时删削很多，就其主要内容来看，反映了他抑郁困顿的生平，并流露了感叹兴亡的思想情绪。

二、痴心人系痴情结长生殿谱长恨歌

洪昇创作《长生殿》相当艰辛，历经十多年，其间曾三次易稿。在康熙十二年（1673 年）时，洪昇写了《沉香亭》传奇，是有感于李白之遇而创作的，主旨是写李白作"清平三绝"，感叹李太白一生的坎坷与不幸遭遇。康熙二十七年，又将其改写为《霓裳舞》，"去李白，入李泌辅肃宗中兴"，也就是删去了有关李白的情节，加入了李泌辅助肃宗中兴的内容。"后又念情之所钟，在帝王家罕有，马嵬之变，已违凤誓，而唐人有玉妃归蓬莱仙院，明皇游月宫之说，因合用之，专写钗合情缘"，根据《长恨歌》《梧桐雨》等有关描写对剧本予以重新构造，主要描写唐玄宗与杨贵妃的爱情悲剧，并加以兴亡之感的抒发，这就是第三稿，也就是我们现在所说的《长生殿》。

（一）《长生殿》内容介绍

唐明皇李隆基继位初期，励精图治，使得国势强盛，百姓生活安定，但他后来却寄情声色，下旨选美。因发现宫女杨玉环才貌出众、德性温和、风姿秀丽，随即生出"软玉温香抱满怀"的渴望，于是册封其为贵妃，在金殿上举行册封典礼。杨贵妃盛装之下，雍容华贵，香艳袭人，惹得唐明皇意乱情迷、神魂颠倒。唐明皇赐予金钗和钿盒为定情信物，取其"情似坚金，钗不单分盒永完"的意思，二人立下海誓山盟。自此后，唐明皇更是对"面似满月，体似佳酪"的杨玉环百般体贴，怜爱有加。杨玉环自册封为贵妃，荣耀及于一门，杨氏家族其兄弟姊妹都获得了封赏。她的三个姐妹亦是貌美如花，分别被封为韩国夫人、虢国夫人、秦国夫人，哥哥杨国忠更是被任命为右相。但杨国忠仗着妹妹在皇帝面前的恩宠和自己的权势收受贿赂，卖官鬻爵，使得朝廷风气大坏，政治日渐腐败。

广寒宫主嫦娥，吩咐引杨玉环之魂魄前来月宫，听取《霓裳羽衣》仙乐。曲子演奏结束之后，又将

杨贵妃送归宫殿中。杨贵妃回忆梦中在月宫中听来的仙乐，谱制成了《霓裳羽衣》新曲演奏给唐明皇听，唐明皇也非常精通乐律，一听就知是千古奇章，随即命令梨园弟子练习演奏。乐师李龟年率领梨园弟子排练杨贵妃谱制的《霓裳》新曲，笛师李暮于月明之夜，偷听新曲，并以笛声相和，领会曲中妙境，陶醉不已，直到曲终人散才离开。唐明皇与妃子到骊山避暑，正赶上杨贵妃过生日，因此命令在长生殿设宴称庆。席间，百官向杨贵妃进贺，奏起霓裳新曲，杨贵妃在翠盘中翩然起舞，仿佛天上的仙女降落人间，唐明皇十分高兴，亲自把盏，对杨贵妃大加称赞。唐明皇还曾为博得杨贵妃的欢心，不惜劳民伤财，耗费大量人力物力从涪州、海南两地运荔枝，为了保持新鲜，路上不得超过七日。为此，驿使们昼夜兼程、累死大量马匹，一路踏坏庄稼、踏死路人，百姓怨声载道。

一年春天，唐明皇与杨贵妃游幸曲江，秦、虢、韩三国夫人随驾，唐明皇被杨贵妃的姐姐虢国夫人自然天成之美所迷，召虢国夫人入宫侍候。杨贵妃赶至，唐明皇托词有恙，需要静养。但被杨贵妃发觉了翠钿、凤舄，揭穿真相，大为不快，醋性大发，言语间触怒了明皇，明皇一怒之下，命高力士将她送归相府。此后，唐明皇坐立不安，后悔不已。高力士将此情景报与贵妃，杨贵妃于是剪下自己的一缕青丝，托他献给唐明皇。杨贵妃的离去，使唐明皇发现六宫之中没有一个人合自己的心意，由此发出了"佳人难得"的感叹。于是又命高力士连夜将其迎接回宫。分离的情愁加深了他们的感情，两人和好如初。可无独有偶，唐明皇深感自己因杨贵妃而冷落了昔日珍爱的梅妃，就赏给其珍珠，并与梅妃睡在翠华西阁，杨贵妃大怒，第二天一大早，便赶到二人住处，高力士正在阁门外望风，见贵妃来到，立即向唐明皇报告，唐明皇惊惶失措，命梅妃从夹道中出阁。贵妃拾得梅妃遗下的翠钿，撒娇使性，赌气将金钗钿盒交还唐明皇，并要求出宫。唐明皇赔笑脸，说好话，承认过错，才平息了这场风波。二人的感情日积月累，越来越深。七月七日乞巧节是牛郎织女相见的日子。在宫中，杨贵妃在长生殿上乞巧。唐明皇来到，于是就与杨贵妃一起，面对天上的牛郎织女星，焚香立誓，愿意世世生生，永为夫妇，永不分离。

　　唐明皇只顾与杨贵妃甜蜜恩爱，共享歌舞升平，无心政事。边将安禄山损兵折师，按律当斩，却因贿赂杨国忠开脱了罪责，败军之将不但免于一死，反而被皇帝赐给杨贵妃作为义子，并且升了官。自从安禄山被加官晋爵以后，骄横跋扈，连杨国忠也不放在眼里，常常出言顶撞，在皇帝面前互相攻讦。唐明皇见将相不和，难以同朝共事，就将安禄山任命为范阳节度使，可这却是一个失策之举。安禄山早与杨国忠争权，一到范阳后，立即招兵买马，妄图进兵中原，夺取天下。在这国难当头的危急时刻，唐明皇还沉湎在酒色之中，他与杨贵妃双双来到御花园中，一边欢饮，一边观赏秋景。唐明皇李隆基面对美不胜收的人与景，不禁邀杨贵妃歌唱李白的《清平调》，自己则拿起玉笛为其和乐。杨贵妃凭新谱《霓裳羽衣曲》获得了唐明皇的赞美，二人开怀畅饮，贵妃不胜酒力，劝饮至醉，先回宫安寝。就在这欢娱祥和的气氛达到高潮之际，丞相杨国忠突然见驾，告以安禄山在范阳起兵造反，已经攻破了潼关，唐军节节败退，哥舒翰兵败降贼，叛军已逼近京城长安。唐明皇吓得胆战心惊，魂飞魄散，却也束手无策，带着杨玉环和随行官员逃离长安到蜀中即四川避难。一路上，他还不忘嘱咐众人不要吵醒了贵妃，同时他更为贵妃远涉蜀道之艰难而担心不已。一行军马走到了都城西面百余里的马嵬坡的时候已十分劳顿，由右龙武将军陈玄礼指挥的护驾军队在中途哗变，因众将士对杨国忠平日里专权弄国早已怒不可遏，激成变乱，就以"私通土蕃"的罪名杀了杨国忠。但杨玉环仍在，所以依旧不肯前进，又请唐明皇将杨贵妃正法，以谢天下。杨贵妃知大势已去，也自求请死。唐明皇无奈，被迫答应了他们的请求，赐以白绫，忍痛赐杨贵妃自尽。杨贵妃自缢身亡后，虢国夫人也为乱军所杀，摇摇欲坠的大唐江山到此才获得一线转机。杨贵妃在马嵬坡被众军逼迫自缢后，唐明皇行至剑阁道上，正赶上风雨交加，乃进入剑阁避雨，闻檐前铃声淅淅零零随风而响，勾起对亡妃的思念。唐明皇心灰意冷，到了四川成都以后传位于太子李亨，自己居于幕后，当了太上皇。因悼念杨贵妃，特意命人在成都府建立祠庙一座，特选高手匠人，用檀香木雕成杨贵妃的像。庙成祭奠之日，命高力士迎像入宫，然后亲送入庙供养。唐明皇对着雕像，追忆往事，悲愧交加，竟致雕像也流下了泪。后大将郭子仪奉旨征讨，带兵大败安禄山，击溃叛军，收复长安。唐明皇以太上皇身份自蜀中回到长安后，仍是日夜思念死去的杨玉环，见月伤心，内心十分痛苦，对着杨玉环的雕像痛哭。有一天做了一场噩梦后，访得异人为杨玉环招魂。后来，临邛道士杨通幽奉旨作法，找到杨玉环魂魄，终感动了天孙织女，使两人在月宫中最终团圆，重续前缘。

八月十五夜，杨通幽运用法术架起一座仙桥，引唐明皇的魂魄升到月宫，与杨玉环相会，两人执手相看泪眼，尽诉相思，实现了他们在长生殿上立下的"生生死死共为夫妻"的盟誓。玉帝传旨，唐皇李隆基与杨玉环永远结为天上夫妻，于是天宫奏起《霓裳羽衣曲》，全剧团圆终场。

（二）经典剧段欣赏

《长生殿》共五十出，分上下两部，其中一些精彩的篇章，如《定情》《惊变》《疑谶》《偷曲》《絮阁》《骂贼》《闻铃》《哭像》《弹词》等出，至今仍在上演，为昆曲中的优秀传统剧目。

第二十九出　　闻铃

〔丑内叫介〕军士每趱行，前面伺候。〔内鸣锣，应介〕〔丑〕万岁爷，请上马。〔生骑马，丑随行上〕

【双调近词·武陵花】万里巡行，多少悲凉途路情。看云山重叠处，似我乱愁交并。无边落木响秋声，长空孤雁添悲哽。寡人自离马嵬，饱尝辛苦。前日遣使臣赍奉玺册，传位太子去了。行了一月，将近蜀中。且喜贼兵渐远，可以缓程而进。只是对此鸟啼花落，水绿山青，无非助朕悲怀。如何是好！〔丑〕万岁爷，途路风霜，十分劳顿。请自排遣，勿致过伤。〔生〕唉，高力士，朕与妃子，坐则并几，行则随肩。今日仓促西巡，断送她这般结果，教寡人如何撇得下也！〔泪介〕提起伤心事，泪如倾。回望马嵬坡下，不觉恨填膺。〔丑〕前面就是栈道了，请万岁爷挽定丝缰，缓缓前进。〔生〕袅袅旗旌，背残日，风摇影。匹马崎岖怎暂停，怎暂停！只见阴云黯淡天昏暝，哀猿断肠，子规叫血，好教人怕听。兀的不惨杀人也么哥，兀的不苦杀人也么哥！萧条怎生，峨眉山下少人经，冷雨斜风扑面迎。

〔丑〕雨来了，请万岁爷暂登剑阁避雨。〔生作下马、登阁坐介〕〔丑作向内介〕军士每，且暂驻扎，雨住再行。〔内应介〕〔生〕独自登临意转伤，蜀山蜀水恨茫茫。不知何处风吹雨，点点声声迸断肠。〔内作铃响介〕〔生〕你听那壁厢，不住的声响，聒的人好不耐烦。高力士，看是甚么东西。〔丑〕是树林中雨声，和着檐前铃铎，随风而响。〔生〕呀，这铃声好不作美也！

【前腔】淅淅零零，一片凄然心暗惊。遥听隔山隔树，战合风雨，高响低鸣。一点一滴又一声，一点一滴又一声，和愁人血泪交相迸。对这伤情处，转自忆荒茔。白杨萧瑟雨纵横，此际孤魂凄冷。鬼火光寒，草间湿乱萤。只悔仓皇负了卿，负了卿！我独在人间，委实的不愿生。语娉婷，相将早晚伴幽冥。一恸空山寂，铃声相应，阁道崚嶒，似我回肠恨怎平！

〔丑〕万岁爷且免愁烦。雨止了，请下阁去罢。〔生作下阁、上马介，丑向内介〕军士每，前面起驾。〔众内应介〕〔丑随生行介〕〔生〕

【尾声】迢迢前路愁难罄，招魂去国两关情。〔合〕望不尽雨后尖山万点青。

〔生〕剑阁连山千里色，骆宾王离人到此倍堪伤。罗邺

空劳翠辇冲泥雨，秦韬玉一曲淋铃泪数行。杜牧

赏析：

《闻铃》一出是由白居易《长恨歌》中"黄埃散漫风萧索，云栈萦纡登剑阁""蜀江水碧蜀山青，圣主朝朝暮暮情""行宫见月伤心色，夜雨闻铃断肠生"等诗句演化而来的，是自"埋玉"之后，作品中第一次体现唐明皇对杨贵妃的哀思。

"安史之乱"发生后，唐明皇、杨贵妃等人在军队的护送下，前往四川避乱。行至马嵬坡时，众军哗变，逼迫唐明皇赐死杨贵妃。杨贵妃自缢后，路途上唐明皇虽仍有高力士、陈玄礼身前身后侍候着，可悲痛的心情如何疏解？"这万里的征途、重叠的云山都承载着无数愁苦。无边的落木在秋风中飒飒作

响，长空飞过的大雁，也孤单一只，难道也像我一样孤苦无伴了吗？"此时，在马嵬坡发生的兵变刚刚过去，听到"贼兵渐远"的消息，唐明皇着实有着死里逃生的侥幸，甚至是"喜"。忽而又回想起往日，"坐则并几，行则随肩"的美好、缠绵的生活，又掀起了他难解的愁伤，表现了唐明皇此时孤独、落寞的心情。此次向蜀逃难，可以说是对唐明皇大唐皇帝尊严的一次致命的挑战，也是一生中最悲惨的际遇。早年风流偶傥、文治武功卓绝，坐拥江山和美人的他，如今却经受了叛军的追击、随军的威胁，而至爱的妃子也因自己掩面难救而黯然离去，这是何等的耻辱。大唐江山更是由盛转衰，从此一蹶不振，对于百姓来说也是生灵涂炭、民不聊生。面对如此悲惨的局面，无心、无力再执掌江山的唐明皇，将皇位传给了太子，这也许是其政治生涯最好的结局吧。"提起伤心事，泪如倾"，虽然唐明皇为自己找了一个台阶下，应有一些轻松，可仍难掩悲伤的心情，他哀凄的眼神看了一眼高力士，希望自己能得到这个忠心仆从的理解。可一看陈玄礼，"不觉恨填膺"怒火中烧，眼神蕴涵嗔，蕴涵着愤，是此人铸成爱妃惨死的悲剧。

接下来，圣驾还在蜀川山水中浩浩荡荡地走着，而唐明皇的心中只剩了悲痛欲绝和悔不当初。在渐行渐缓的栈道上，看看四周的环境——"袅袅旗旌，背残日，风摇影。匹马崎岖怎暂停，怎暂停！只见阴云黯淡，哀猿断肠，子规叫血，好教人怕听。兀的不惨杀人也么哥，兀的不苦杀人也么哥！萧条恁生，峨眉山下少人经，冷雨斜风扑面迎。"唐明皇的视觉、听觉和内心世界达到了一种悲的共鸣。放眼望去，景色无一不悲，放耳听去，声音无一不哀！此时的"看"既是实看也是虚看，他看到了飘荡的旗旌、快落的太阳、崎岖的山路以及猿、鸟等等。这里是实景实看，可完全带着自己的主观色彩。荒景不忍看，鸟叫不忍听，妃子死时至惨至凄的情景仍历历在目。用"残"修饰太阳，用"昏暝"修饰天，用"冷"修饰雨，用"哀"修饰猿，用"叫血"来说明子规，一切的景物在唐明皇的眼中、心中全都涂上了昏暗、萧条的色调，增加了悲剧氛围。

行至剑阁道上，正赶上风雨交加，于是进入剑阁躲风避雨，听到屋檐前面淅淅零零的铃声，更引起了他对亡妃深切的思念，着实让人感到了铭心刻骨的痛。如果

说蜀道难行，天气变化无常，似乎这些还分散了一些唐明皇对失去爱妃的悲情，那么至此，感伤之情滚滚而来，将初丧爱妃，沉浸于恨、悔、悲、怨中的唐明皇塑造得生动、感人。

看着眼前的蜀山蜀水，听着点点的雨声，哀伤的情、茫茫的恨再次翻涌而出。至此"闻铃"也真正开始。思念佳人，可佳人不能求得了，孤寂、悲伤、悔怨、无奈……都只能在苦雨凄风中埋葬。"雨"就像那"哀猿"和"子规"一样，是一个重要的美学意象，一见到这样的字眼就让人心生凉意，因此文学作品中常用此烘托忧伤的心情与气氛。此时"树林中雨声，和着檐前铃铎，随风而响"。雨声、铃声交织，一切愁绪也因为这场雨而更沉重了。雨势不大，雨声是"淅淅零零"，可这零落的雨声仿佛更让人"凄然心暗惊"，这"惊"从何而来？后面告诉了我们答案——"一点一滴又一声，一点一滴又一声，和愁人血泪交相迸。"这风吹雨打，树枝摇响，檐铃低和的雨铃声搅乱了他的心，勾起了他复杂的怨悔哀思。他沉缅于对杨妃的思念中，一点点的动静就足已惊动他，让他更增孤寒凄寂之情了。在听雨人听来，这滴滴嗒嗒的声音不只是雨声，更是自己内心深处淌血的低诉，这雨中有泪、有血，是由血泪交相迸发而出。此时，情伤如雨，雨情含恨，怎一个"惊"字了得？这雨中，是否也有爱妃的呜咽声声？一定有的，因为此时，他已感受到，或是幻想到，有那么一座荒坟，旁边的白杨树在雨中瑟瑟摇摆，坟上长满了野草，草间流萤乱舞。由"风雨""荒茔""孤魂""鬼火""乱萤"构成的图景笼罩着沉晦、凄凉的阴霾，而"凄然""惊""伤情""愁""萧瑟""凄冷""寒"等词更明白地道出了唐明皇此时的悲苦与无奈。此刻，寒意浓浓，凉雨凄凄，而他那可怜的妃子正化作孤魂游荡在风雨飘摇中，其冷必定是彻入心肺的。思及此，心中充满了无限的悔恨，后悔自己辜负了二人的山盟海誓，恨自己当初没有全力挽救她，愧对她的一片深情。现在只剩下唐明皇一人，他也只能无可奈何地悲叹道："自悔仓皇负了卿，负了卿！我独在人间，委实的不愿生。"连连慨叹"负了卿"，这的确是心中直接情感的直白表达，至爱的妃子已经灰飞烟灭，如今成了真正的"孤家寡人"，只能一人孤坐，和自己衰老伤痛的灵魂

相对，只有一阵阵的夜雨铃声，伴随着自己这颗无奈、悲凉的心。

事已如此，无法挽回，只怕是黄泉相会的那一天才能得到解脱，到那时又可以早晚相伴，共谱爱曲。稍稍充满美好温情的幻想，再次被雨铃声打破，不得不回到现实，这一切的事物，一切的声响，带给他的只能是悔恨、痛苦、孤独和无奈。再次望向前方，那山道的崎岖不平、延绵不断，不正像我此时难平的恨吗？一声"似我回肠恨怎平"是内心悔痛哀思之情的彻底迸发，全剧的悲情浓度因此一句而达到了饱和。

作者将唐明皇悔恨交加的哀思，诉尽无数愁苦，道尽无数哀伤，设置在特定的情境——雨中铃声这样的环境中，增添了唐明皇心中的无限的苦痛与怜惜，也让观众在欣赏其悲剧风格的同时发出阵阵慨叹，心生同情。《闻铃》一出，虽没有波折的剧情，复杂的线索，但却曲调凄怆、词采斐然，直白的诉说中夹杂着浓郁的感情，在明明暗暗、凄凄婉婉中达到声情合一的效果，是《长生殿》中非常重要的一折，是唐明皇失去杨贵妃后凄凉生活的直接描写，在其心中夹杂着的悔、怨、愁、念，加深了整出戏的悲剧气氛，也为后来更为广阔的社会画面和动荡的社会局势以及更为深刻的戏剧情节作了铺垫。《闻铃》在戏剧情节、戏剧情绪方面都是整出戏的一个重大转折，也因此在昆曲舞台上常演不衰。

古代戏曲名著

第三十二出　　哭像

〔生上〕蜀江水碧蜀山青，赢得朝朝暮暮情。但恨佳人难再得，岂知倾国与倾城。寡人自幸成都，传位太子，改称上皇。喜的郭子仪兵威大振，指日荡平。只念妃子为国捐躯，无可表白，特敕成都府建庙一座。又选高手匠人，将旃檀香雕成妃子生像。命高力士迎进宫来，待寡人亲自送入庙中供养。敢待到也。〔叹科〕咳，想起我妃子啊，

【正宫端正好】是寡人昧了她誓盟深，负了她恩情广，生拆开比翼鸾凰。说甚么生生世世无抛漾，早不道半路里遭魔障。

【滚绣球】恨寇逼的慌，促驾起的忙。点三千羽林兵将，出延秋，便沸沸扬扬。甫伤心第一程，到马嵬驿舍傍。猛地里爆雷般齐呐起一声的喊响，早则

见铁桶似密围住四下里刀枪。恶嗷嗷单逼着他领军元帅威能大，眼睁睁只逼拶的俺失势官家气不长，落可便手脚慌张。恨只恨陈元礼呵！

【叨叨令】不催他车儿马儿，一谜家延延挨挨地望；硬执着言儿语儿，一会里喧喧腾腾地谤；更排些戈儿戟儿，不哄中重重叠叠地上；生逼个身儿命儿，一霎时惊惊惶惶的丧。〔哭科〕兀的不痛杀人么哥，兀的不痛杀人么哥！闪的我形儿影儿，这一个孤孤凄凄的样。

寡人如今好不悔恨也！

【脱布衫】羞杀咱掩面悲伤，救不得月貌花庞。是寡人全无主张，不合啊将她轻放。

【小梁州】我当时若肯将身去抵搪，未必他直犯君王；纵然犯了又何妨，泉台上，倒博得永成双。

【么篇】如今独自虽无恙，问余生有甚风光！只落得泪万行，愁千状！〔哭科〕我那妃子呵，人间天上，此恨怎能偿！

〔丑同二宫女、二内监捧香炉、花幡，引杂抬杨妃像，鼓乐行上〕〔丑见生科〕启万岁爷，杨娘娘宝像迎到了。〔生〕快迎进来波。〔丑〕领旨。〔出科〕奉旨：宣杨娘娘像进。〔宫女〕领旨。〔做抬像进、对生，宫女跪，扶像略俯科〕杨娘娘见驾。〔丑〕平身。〔宫女起科〕〔生起立对像哭科〕我那妃子呵！

【上小楼】别离一向，忽看娇样。待与你叙我冤情，说我惊魂，话我愁肠……〔近前叫科〕妃子，妃子，怎不见你回笑庞，答应响，移身前傍。〔细看像，大哭科〕呀，原来是刻香檀做成的神像！

〔丑〕銮舆已备，请万岁爷上马，送娘娘入庙。〔杂扮校尉，瓜、旗、伞、扇，銮驾队子上〕〔生〕高力士传旨，马儿在左，车儿在右，朕与娘娘并行者。〔丑〕领旨。〔生上马，校尉抬像，排队引行科〕〔生〕

【么篇】谷碌碌凤车呵紧贴着行，袅亭亭龙鞭呵相对着扬。依旧的辇儿厮并，肩儿齐亚，影儿成双。情暗伤，心自想。想当时联镳游赏，怎到头来刚做了恁般随倡！

〔到科〕〔丑〕到庙中了，请万岁爷下马。〔生

下马科〕内侍每，送娘娘进庙去者。〔銮驾队子下〕〔内侍抬像，同宫女、丑随生进，生做入庙看科〕

【满庭芳】我向这庙里抬头觑望，问何如西宫南苑，金屋辉光？那里有鸳帏、绣幕、芙蓉帐，空则见颤巍巍神幔高张，泥塑的宫娥两两，帛装的阿监双双。剪簌簌幡旌扬，招不得香魂再转，却与我摇曳吊心肠。

〔坐前坐科〕〔丑〕吉时已届，候旨请娘娘升座。〔生〕宫人每，伏侍娘娘升座者。〔宫女应科〕领旨。〔内细乐，宫女扶像对生，如前略俯科〕杨娘娘谢恩。〔丑〕平身。〔生起立，内鼓乐，众扶像上座科〕〔生〕

【快活三】俺只见宫娥每簇拥将，把团扇护新妆。犹错认定情初，夜入兰房。〔悲科〕可怎生冷清清独坐在这彩画生绡帐！

〔丑〕启万岁爷，杨娘娘升座毕。〔生〕看香过来。〔丑跪奉香，生拈香科〕

【朝天子】热腾腾宝香，映荧荧烛光，猛逗着往事来心上。记当日长生殿里御炉傍，对牛女把深盟讲。又谁知信誓荒唐，存殁参商！空忆前盟不暂忘。今日呵，我在这厢，你在那厢，把着这断头香在手添凄怆。

高力士看酒过来，朕与娘娘亲奠一杯者。〔丑奉酒科〕初赐爵。〔生捧酒哭科〕

【四边静】把杯来擎掌，怎能够檀口还从我手内尝。按不住凄惶，叫一声妃子也亲陈上。泪珠儿溶溶满觞，怕添不下半滴葡萄酿。

〔丑接杯献座科〕〔生〕我那妃子啊！

【耍孩儿】一杯望汝遥来享，痛煞煞古驿身亡。乱军中抔土便埋藏，并不曾瀽半碗凉浆。今日呵，恨不诛他肆逆三军众，祭汝含酸一国殇。对着这云帏像，空落得仪容如在，越痛你魂魄飞扬。

〔丑又奉酒科〕亚赐爵。〔生捧酒哭科〕

【五煞】碧盈盈酒再陈，黑漫漫恨未央，天昏地暗人痴望。今朝庙宇留西蜀，何日山陵改北邙！〔丑又接杯献座科〕〔生哭科〕寡人呵，与你同穴葬，做一株冢边连理，化一对墓顶鸳鸯。

〔丑又奉酒科〕终赐爵。〔生捧酒科〕

【四煞】奠灵筵礼已终，诉衷情话正长。你娇波不动，可见我愁模样？只为我金钗钿盒情辜负，致使你白练黄泉恨渺茫。〔丑接杯献科〕〔生哭科〕向此际搥胸想，好一似刀裁了肺腑，火烙了肝肠。

〔丑、宫女、内侍俱哭科〕〔生看像惊科〕呀，高力士，你看娘娘的脸上，兀的不流出泪来了。〔丑同宫女看科〕呀，神像之上，果然满面泪痕，奇怪，奇怪！〔生哭科〕哎呀，我那妃子啊！

【三煞】只见他垂垂的湿满颐，汪汪的含在眶，纷纷的点滴神台上。分明是牵衣请死愁容貌，回顾吞声惨面庞。这伤心真无两，休说是泥人堕泪，便教那铁汉也肠荒！

〔丑〕万岁爷请免悲伤，待奴婢每叩见娘娘。〔同宫女、内侍哭拜科〕〔生〕

【二煞】只见老常侍双膝跪，旧宫娥伏地伤。叫不出娘娘千岁，一个个含悲向。〔哭科〕妃子啊，只为你当日在昭阳殿里施恩遍，今日个锦水祠中遗爱长。悲风荡，肠断杀数声杜宇，半壁斜阳。

〔丑〕请万岁爷与娘娘焚帛。〔生〕再看酒来。〔丑奉酒焚帛，生酹酒科〕

【一煞】叠金银山百座，化幽冥帛万张。纸铜钱怎买得天仙降？空着我衣沾残泪，鹃留怨。不能勾魂逐飞灰蝶化奴，蓦地里增悲怆。甚时见鸾骖碧汉，鹤返辽阳。

〔丑〕天色已晚，请万岁爷回宫。〔生〕宫娥，可将娘娘神帐放下者。〔宫娥〕领旨。〔做下神幔，内暗抬像下科〕〔生〕起驾。〔丑应科〕〔生作上马，銮驾队子复上，引行科〕〔生〕

【煞尾】出新祠泪未收，转行宫痛怎忘？对残霞落日空凝望！寡人今夜啊，把哭不尽的衷情，和你梦儿里再细讲。

数点香烟出庙门，曹邺巫山云雨洛川神。权德舆

翠蛾仿佛平生貌，白居易日暮偏伤去住人。封彦冲

赏析：

《哭像》是《长生殿》具较高艺术成就的代表戏出之一，是其精华的部分，是唐明皇为爱情痛哭的高潮。这一出的剧情可分为迎像、送像、祭像三个部分。

在这三段不同的剧情中，描写了唐明皇不同的思想感情。

首先我们来看"迎像"部分。

唐明皇逃难到蜀后，已无心国事，便将皇位传给了太子，自己改称上皇。可对杨贵妃的思念有增无减，而且在他看来杨贵妃是"为国捐躯"，可见对于杨贵妃的死，唐明皇不仅从自己爱情上来感触，也从更上一层的对国家的利益方面来定位，恐怕也只有唐明皇自己这样认为吧，杨贵妃真可谓虽死犹荣了。唐明皇为了表达对爱妃的思念，特敕成都府建立了一座祠庙，挑选有高超手艺的匠人，用旃檀木雕刻成贵妃生像，并让高力士迎进宫来，然后要亲自送入庙供养。

杨贵妃死后，唐明皇的悔、恨、怨一直就没有断过。此时，他又一次想起已逝的妃子，感慨万千，在这里他对自己的怨恨更加深了。"是寡人昧了她誓盟深，负了她恩情广，生拆开比翼鸾凰。说甚么生生世世无抛漾，早不道半路里遭魔障。"是自己半路抛下了至爱的人，违背了"情重恩深，愿世世生生，共为夫妇，永不相离"的海誓山盟，辜负了"在天愿为比翼鸟，在地愿为连理枝"的真心期盼。这里充分地表露出唐明皇对自己没能力担当得起保护爱妃的责任的深深自责，将心中的内疚与悔恨明白地剖析在读者面前。回过头来想一想，是谁破坏了昔日恩恩爱爱的美好？是谁害自己断送了妃子的性命？罪魁祸首是那可恨的安禄山叛军啊，岂不是"恨寇逼的慌，促驾起的忙"。他憎恨安禄山乱河山，也恨陈玄礼："不催他车儿马儿，一谜家延延挨挨地望，硬执着言儿语儿，一会里喧喧腾腾地谤；更排着戈儿戟儿，一哄中重重叠叠地上；生逼个身儿命儿，一霎时惊惊惶惶地丧。"杨贵妃是直接死在陈玄礼的威逼之下的，是他暗中激起军士们的情绪，迫使自己割恩舍爱，葬送了自己和爱妃美好的爱情。对于直接造成他们爱情悲剧的两个可恶之人，唐明皇充满了仇恨。后来，唐明皇更是杀了"罪不容诛"的陈玄礼，并将其首级高挂，以泄心头之恨。随后，思念、自责、忏悔之情溢于言表，种种情感激荡心间，让他情难自禁，大哭一场："兀的不痛杀人么哥，兀的不痛杀人么哥！闪的我形儿影儿，这一个孤孤凄凄的样。"并毫无保留地宣泄"寡人如今好不悔恨也！"。的确，他身为万人之上的大唐天子，却"全无主张"，救不了一个妃子，只能痛心地将她放

弃，眼看着花容月貌在红尘中飞逝，简直是羞煞愧煞了。唐明皇不禁质问自己，若是当初拼了命去解救，"肯将身去抵搪"，未必六军就真敢直犯君王，再说"纵然犯了又何妨"？即使没了性命，也将与爱妃双宿双飞，"博得永成双"，好过现在自己孤零零地苟活于人世，日夜孤枕，与泪相伴啊！事到如今，寡人"独自虽无恙"，安然完好地回来了，但此后的生活还有什么希望呢！思来想去，"只落得泪万行，愁千状"，人间天上，此恨绵绵，一个帝王的爱情同样令人感到了悲凉与无助。试问："人间天上，此恨怎能偿！"无法去偿。悔不当初，只能"羞杀咱掩面悲伤"。此时，唐明皇无尽的悔，无尽的恨，无尽的羞，淋漓尽致，明明白白地张显了出来。

当雕像做好，被宫女、太监们接进来的时候，唐明皇恍惚看到了从前娇艳的妃子，正要上前将千言万语向妃子诉说，要告诉她自己是被逼无奈才将她抛弃，对于当时的情景至今仍惊魂未定，也自责甚深，而自从她离去后，更是愁肠万断，思念难忍……可却时时等不到杨贵妃的回应，细看后，才明白是刻香檀做成的神像，佳人是真的一去不复返了。让我们可叹的是，唐明皇对杨贵妃的思念、感情已深至此。之后，杨贵妃的雕像要从行宫送往祠堂，剧情也进入了"送像"阶段。

如果说在迎像时唐明皇主要的心情是悔、是愧，那么送像时，他的心情又加深了一层，那就是悲。因为迎像时唐明皇面前还没有杨贵妃的像，只能靠回忆来搜寻她婀娜多姿的身影，回忆香魂逝去的情景。而送像时，一个栩栩如生，可以让唐明皇误以为是他妃子的雕像放在唐明皇面前，他睹像思人，强烈的悲痛之情也上升到了顶点。送像的队伍是唐明皇有意安排的："依旧的辇儿厮并，肩儿齐亚，影儿成双"，唐明皇骑的马儿在左面，杨贵妃神像坐的车儿在右面，两个并驾而行。一个"依旧"一词，将思绪拉回了过去。唐明皇触景生情，以前他与妃子二人去郊外游玩赏景正是这样，"坐则并几，行则随肩"，那是多么的温馨、甜蜜啊。可现在呢，虽然美貌的佳人仍在却不能言语，如何共诉衷肠？如何共话缠绵？但即使是一尊冷清清的木像，也要并肩成双，权且当做是妃子相伴，与之重温往日的亲昵时光吧。如今的木像与现在的活人相对，往日的欢乐反衬了今日的痛苦，一句"情暗伤"道出了他在送杨贵妃雕像的路程中情切意真、痛苦难当的心绪。到了庙里，便把杨贵妃的木像抬进祠堂安放。唐明皇看到庙里金碧辉煌的样子，再看宫娥、太监们簇拥着杨贵妃的雕像进入祠堂，并用仪仗中的团扇护着杨贵妃的新妆，不禁想到当年迎娶贵妃时的情景。当年他迎娶杨贵妃时，就是宫女们把杨贵妃簇拥在中央，用团扇护着，送入西宫南苑的。而那时"鸳帏"内、"绣幕"下、"芙蓉帐"里无不留下他们二人甜蜜生活的印迹。可是现在呢?这里不是西宫南苑，没有"鸳鸯绣幕芙蓉帐"，而是一个祠堂，是一个供奉死人的地方，只有神像前面高挂的幕布和招魂用的幡旌在颤巍巍地晃动着。坐在神座上的已不是肤如凝脂、风韵多姿的贵妃娘娘，而是一个冷冰冰的木制的雕像"冷清清独坐在这彩画生绡帐"，前面"泥塑的宫娥两两，帛装的阿监双双"也再一次证实了过去那种美好甜蜜的爱情生活已经毁灭了，招不回的香魂也无法再安慰受伤的心，只徒增内心断肠的痛。

　　唐明皇把杨贵妃的神像由行宫送往祠堂后，随着剧情的发展便是对着杨贵妃的神像进行祭奠，也真正进入了"哭像"中"哭"的阶段。

　　杨贵妃的木像被安放好，即"升座"之后，便是祭奠。唐明皇接过太监递过来"热腾腾宝香"，在"映荧荧烛光"中，往事再上心头。当年七月七日在长生殿里御炉的旁边，他们对着牛郎星和织女星，立下了山盟海誓的誓言，共道："天长地久有时尽，此誓绵绵无绝期。"在外人看来，更是恩爱绵绵、良缘天赐。可如今，誓言变

得虚妄荒唐，中途夭折了。想起杨贵妃深情低诉"深感陛下情重，今夕之盟，妾死生守之矣"，自己又怎忍心失信于她？不能，现在虽然天人两隔，"我在这厢，你在那厢"，这祭奠之香也已不是当年的盟誓之香，但所有的誓言，所有的真情都不会被遗忘！再祭上三杯酒，盼望妃子来尝啊。"初赐爵"时，唐明皇双手捧着酒杯向杨贵妃的神像献酒，可妃子已无法像当初一样用红艳艳的小口来喝完这杯酒了，那悲痛的感情化为伤心的泪水，滚滚下落，滴进酒杯，装满了酒杯，一句"怕添不下半滴葡萄酿"更突出了眼泪之多，悲痛之深。此时的唐明皇卸下了帝王的外衣，把对杨贵妃的真爱摆在首位，高呼一声"我那妃子啊"，诉不完情仇爱恨从何处说起啊。再次想到那香销玉殒的时刻，爱妃惨死，"魂魄飞扬"，"乱军中抔土便埋葬，并不曾三瀽半碗凉浆"，死后也不能以庄重的国殇仪式将宠妃入葬，心潮起伏澎湃，不仅有不已的愧疚和控制不住内心的极大悲痛，也暗含有对三军的咬牙切齿的憎恨之情。回忆起那生前的欢乐时光，无疑更加重今日的悲恸，也让读者不禁为他的真挚感情而动容。"亚赐爵"是写唐明皇第二次向杨贵妃奉酒。漫漫的黑夜，无边无际，在夜幕笼罩下的唐明皇更显孤寂，他端起酒杯，将碧盈盈的酒再次祭给妃子。看见眼前的神像，想起她真正的身体还孤零零地躺在马嵬坡上，任风吹雨打，无人收管。自己仍然流亡在外，归期未定，现在暂时把你安放在蜀地，但什么时候才能将你迁葬到帝王后妃所埋葬的北邙山呢？一句"今朝庙宇留西蜀，何日山陵改北邙！"表达了对改葬之日茫然的心情，也传递出对自己、对杨贵妃处境极度悲痛的感情。想到这里又失声痛哭起来，感慨万分地说："寡人啊，与你同穴葬，做一株冢边连理，化一对墓顶鸳鸯。"在痛哭之后，心下决定，死后一定要与杨贵妃葬在一起，到那时便可以快乐地做一株在冢边繁衍生长的连理枝，化作一对在墓顶盘旋相恋的鸳鸯鸟。这一番告白，对应二人在七夕之日的"在天愿为比翼鸟，在地愿为连理枝"的爱情誓言，表达了唐明皇实现自己诺言的决心，和对杨贵妃至死不渝的爱。之后是"终赐爵"，唐明皇向杨贵妃敬了第三杯酒。祭奠灵筵的礼仪都结束了，自己向妃子深情地连敬了三杯酒，倾诉了自己的爱恋、悔过、悲愤与忠贞，可妃子看着"我愁模样"，听着我的痴情话却"娇波不动"，没有任何回应。一定是因为我辜负了咱们金钗钿盒的情意，让你在黄泉

路上孤苦无依，恨从心生啊！再次回想到杨贵妃为了不为难他自缢身亡的惨景，再次回想到他亲手葬送了二人美好的幸福，不禁悲痛得捶胸顿足，"好一似刀裁了肺腑，火烙了肝肠"，一句使用了比喻的修辞手法，表达了出于肺腑的痛悔之情，让读者感同身受。

至此，我们看到的是一个完全处于精神崩溃状态的太上皇，"把杯来擎掌，怎能够檀口还从我手内尝。""你娇波不动，可见我愁模样？"他神智痴迷地将木像当做真人一般诉述衷肠，忽而又认清这哪是活生生的妃子，只是冰冷冷的木像，心中撕裂般的疼痛反复袭来。这亦真亦幻的感觉，让唐明皇的悲痛之情升上巅峰。紧接着一直没有表情的杨贵妃的木像被作者写活了。唐明皇疑惑地问："高力士，你看娘娘的脸上，兀的不流出泪来了。"如果唐明皇因为悲痛感觉到妃子也和他此时一样，心痛难忍，泪流满面，这就是一种幻想了，可高力士与宫女们惊奇地看到"神像之上，果然满面泪痕"，眼见朝思暮想的杨贵妃泪眼汪汪地在自己面前，且纷纷而下的泪滴湿着神台。唐明皇顿时悲痛之情无法抑制，喷涌而出，再一次深情地唤到"我那妃子啊"。"只见她垂垂的湿满颐，汪汪的含在眶，纷纷的点滴神台上。分明是牵衣请死愁容貌，回顾吞声惨面庞。这伤心真无两，休说是泥人堕泪，便教那铁汉也肠荒！"杨贵妃木像落泪这一幕由"只见她"三字领起，将人们的视线由唐明皇的身上移至杨贵妃。杨贵妃的泪，不是与皇上相逢喜悦的泪，而是在马嵬坡杨贵妃牵衣请死时的泪，是永别前回顾君王的泪。"垂垂""汪汪""纷纷"用叠字的形式突出眼泪之多，暗指悲情之深。看到这伤心的情景，想到那难舍的感情，"休说是泥人堕泪，便教那铁汉也肠荒"，面对这感天动地的情感，即使铮铮铁汉也要泪流满面、肝肠寸断了。这一曲用拟人化的手法写杨贵妃流泪，从泪汪汪的眼到"愁容貌""惨面庞"最后到"伤心""肠荒"，由表及里，由浅入深，用超现实的手法实现了唐明皇与杨贵妃心灵的沟通、爱恨的诉说，形象动人地表现了唐明皇的锥心之痛。

祠堂内老常侍、旧宫娥无不被唐明皇的深情所打动，早已痛哭失声的他们，见到木像流泪后伤心地跪下叩见娘娘。"叫不出娘娘千岁，一个个含悲向。"极言悲痛之深。而对此情此景，再次回想起当日昭阳殿的温馨缠绵，真心地道出：

"今日个锦水祠中遗爱长"，表达了极为真挚、强烈的恩爱深情。之后再次引出景物——飒飒的冷风、断肠的子规、昏黄的落日，给冷清的祠堂又添一份悲凉，给孤寂的心再染一抹凄苦。

烧纸钱是唐明皇在堂前祭祀杨贵妃的最后一项活动。唐明皇触景生情，面对如百座金银山的纸钱心想，它们即将化作"幽冥帛万张"，可惜纸铜钱再多，也不能使得已升天的杨贵妃再回到身边。"空着我衣沾残泪，鹃留怨，不能勾魂逐飞灰蝶化双"，眼泪再多，也只是空流一场。哀怨再多，也徒空悲一场。此处的"鹃"与前面的"杜宇"及"子规"都是指同一种事物。子规，又名杜鹃。传说远古时蜀王杜宇，号望帝，为蜀治水有功，后禅位臣子，退隐西山，死后化作杜鹃，日夜悲鸣，泪尽继而流血。李商隐有"望帝春心托杜鹃"的诗句。唐明皇看见纸灰飘飞，像蝴蝶一般在空中飞翔，幻想着要同杨贵妃的魂魄化蝶双舞。他多么希望看见杨贵妃化成仙鹤，乘着鸾凤从碧天飞回故乡啊！这只是渺茫的幻想，一次次将唐明皇悲怆、绝望的心情推上顶点。

祭祀活动已经完成了，可对杨贵妃的思念之心与悲痛之情却没有结束。在塑像祭祀之后又为杨贵妃建坟改葬、摄魄招魂、甘赴杳冥，这些都是他对杨贵妃的坚贞爱情的表现。

"送像"和"祭像"两部分着力描写唐明皇的悲痛之情，把悲痛之情写到了顶点，产生了巨大的动人力量。唐明皇为爱而哭，为情而哭，哭得亦真亦幻，肝肠寸断。唐明皇对杨贵妃充满悔意的痛哭是对他们之间爱情的升华，用帝王的哭来诠释对妃子的悔和爱，更进一步体现了唐明皇对杨贵妃的无限爱恋和坚贞的爱情。唐明皇的悲痛之情是整出戏的感情核心，而这种悲痛之情主要以哭为倾泻的出口，所以人们又将这两部分情节合起来称为"哭像"。由于这两部分情节是整出戏的主要部分，因此作者就把这出戏取名"哭像"。《哭像》中唐明皇触景生情，多在回忆中抒发自己自责、忏悔、悲痛等错综复杂的情感。往昔幸福的生活和悲惨的现实形成生与死的鲜明对比，用美好爱情的毁灭来激起内心巨大的悲痛，而那深切的悔恨与爱恋交织的复杂情感更是惊天地、泣鬼神。在感情的抒发和语言的锤炼上也下足了功夫，用精美优秀的曲词表达了真切动人的感情，达到了文情并茂的艺术效果。《哭像》是优美的语言和动人的感情完美统一的精品，至今仍广为传唱。

洪昇与《长生殿》

三、政治背景下的帝妃之恋——《长生殿》的主题思想

《长生殿》是借离合之情，写兴亡之感的一部力作，也是一部抒情诗式的爱情悲剧和政治悲剧。洪昇在《长生殿自序》中说："余览白乐天《长恨歌》及元人《秋雨梧桐》剧，辄作数日恶。"全剧共 50 出，规模宏大，内容复杂。作者发挥自己的创造性，使李、杨的爱情故事这个传统题材有所发展，广泛地展开了对当时社会、政治的描绘。《长生殿》的思想内容有着不可分割的两个方面，演绎出两个重要的主题，即所谓爱情主题和政治主题。

一方面作者通过李隆基和杨贵妃的故事从爱情角度热情颂扬李、杨真挚的生死不渝之恋。

洪昇明白地在《长生殿·传概》中表示说："今古情场，问谁个真心到底？但果有精诚不散，终成连理。万里何愁南共北，两心那论生和死……借太真外传谱新词，情而已。"全剧长达五十出，自始至终围绕一个"情"字展开。剧中作者去除了以前戏曲小说中一些"涉秽"的情节，使李、杨故事净化、升华而成为不朽的至情，对李、杨爱情的描写，说明作者对李、杨的情缘充满了同情和赞赏，要借助这个爱情故事歌颂人间真挚的爱情。

李、杨爱情的发展经历了两个阶段，第一阶段从《定情》到《埋玉》，作者生动细腻地敷演出李、杨爱情的发展过程，富于深刻的现实性。从唐明皇杨贵妃《定情》发端，描写了他们奢靡的生活和爱情的发展。最一开始，贵为天子的唐明皇虽然对这个"庭花不及娇模样"的美人儿疼爱有加，但对杨贵妃并非是情有独钟，专宠其一人的，他对梅妃不能忘情，又贪恋虢国夫人。杨玉环对唐明皇始终感情如一，她恐怕被别人夺去了恩宠，因此猜忌、娇妒，唐明皇一怒之下，把她贬出宫去。后来唐明皇对杨贵妃的感情逐渐趋于专一，从帝王对后妃肤浅的声色之欲发展到普通夫妇情重恩深的真心之爱，爱情日益趋向真挚。唐明皇

李隆基与贵妃杨玉环之间的爱情，经历了相知、相许、相爱、相誓等种种波折之后，已由甘美成熟走向绚丽多姿。《密誓》就是一个转折点，将两人的爱情故事发展到高峰。马嵬之变《埋玉》，迫使李隆基赐死杨玉环，导致生离死别的爱情悲剧。经过了生死之别，爱情又上升到一个新的高度。下半部着重描写他们的刻骨相思，寄以更多的同情和赞美。《冥追》《闻铃》《情悔》《哭像》和《雨梦》等出集中地描写他们死抱痴情、生守前盟的精诚。二人尘世、仙界，苦苦思念，情意绵绵，具有浓厚的理想性。二人的真诚忏悔，一个情愿放弃太上皇之位，早早结束生命到黄泉之下以与爱人厮守；一个宁愿抛弃神仙之籍，不惜再受人间折磨而与情人续缘。这份生死不渝、执着伟大的情感最后感动天地鬼神，让他们同登仙录，升入忉利天宫。"精诚不散，终成连理"的坚贞爱情得到了生死的考验，"念情之所钟，在帝王家罕有"的李、杨之恋终于得到一个永久团圆的结局，从而以精神的"长生"消解了现实的"长恨"。《长生殿》中所描写所宣扬的"情"，冲破时空的束缚，超越生死仙凡的界限，不受世俗利害关系的纠缠，为传统的李、杨故事注入了新的质素。而在对李、杨爱情生活的赞扬和对他们爱情悲剧的惋惜中也体现了作者理想中的爱情观念。

另一方面又以李、杨爱情生活为线索，揭开了"安史之乱"前后广阔的社会背景，寄托了作家的民族意识和家国兴亡的感伤情绪。

全剧的题旨主要还在政治方面，《长生殿》的自序中说："然而乐极哀来，垂戒来世，意即寓焉"，可见作品思想的复杂正是和作者的创作意图联系着的。就政治主题而言，它以开元、天宝年间的广阔的社会生活和重大的历史事件为背景，真实地揭示了唐代天宝年间复杂深刻的民族矛盾和阶级矛盾，揭示了"安史之乱"的根本原因，暴露了封建统治阶级的反动本质，表现了一代王朝由盛而衰，走向没落的命运。通过历史的再现，总结了历史教训，曲折地表达了作者的民族意识和爱国思想。洪昇有意识地把李、杨爱情与唐代"安史之乱"联系起来，因为李、杨是最高统治者，他们在爱情上所表现的荒淫昏乱，必然给政治带来严重的后果。对封建帝王和妃子的"逞侈心而穷人欲"，引发"祸败随之"，以致朝政败坏，藩镇叛乱，造成他们自身的爱情悲剧，进行了有力的抨击，并没有因为肯定李、杨的爱情而原谅他们对国家灾难应当承担的责任。作品中揭露了唐明皇的昏庸荒淫、穷奢极欲、祸害人民的罪恶。

剧中李、杨爱情被置于现实的宫廷内部展开。杨玉环的专宠和以梅妃为代表的其他嫔妃失宠的矛盾，从而把后宫女性互相排挤、倾轧的残酷性暴露无遗。而唐明皇在追求个人爱情的同时忽略了自己作为皇帝对国家和人民应负的责任，最终造成政治腐败混乱、国力衰微的局面。他误任边将，将权力委交给奸臣，给国家带来了巨大灾难。因唐明皇专宠杨贵妃，杨家一人得道，鸡犬升天。作者对封建统治集团作了无情的揭露，愤怒地抨击了弄权误国的杨国忠。杨国忠骄奢淫逸，"外凭右相之尊，内恃贵妃之宠"，明目张胆地卖官鬻爵、纳贿弄权。他可以接受贿赂，为安禄山掩盖罪状，使一个死罪的军犯做了高官，与安禄山狼狈为奸，埋下了"安史之乱"的祸根。而当安禄山得势后，他为了专权，又排挤他出朝，并有意激变，以证明自己"忠言最早"。《禊游》《疑谶》等出中，描述了杨氏家族的奢侈生活。作者从"逞侈心、穷人欲"为祸败之源出发，进而揭示了统治者所加于人民的灾难。《进果》中，送荔枝的驿马踏坏了庄稼，踏死了人，这些都是对统治者的正面控诉，与《禊游》中所描绘的情况形成鲜明的对比。李、杨的爱情几乎导致王朝的覆灭，他们也因此葬送了自己的幸福。剧作将唐明皇和杨玉环的爱情悲剧和整个时代的社会历史悲剧统一起来，让人认识到个人情感的可贵及其局限性，也表现出作者清醒的历史和政治意识，寓故国之思于明皇贵妃的浓情蜜意之中，抒发出国破家亡的感慨。

《长生殿》中的两大主题思想并不是并列或不相关联的两条线，两大主题生发出写爱情与政治的矛盾。作者对爱情主题和政治主题相互对立的描写独具匠心，以矛盾的态度来表现他们的爱情生活。因为李、杨的爱情有明显的二重性，一方面他们忠于爱情，作者肯定了他们的这种"至情"；另一方面，他们这种帝王后妃的爱情生活又给民族带来灾难，给国家造成倾危，又是应当批判的。这种矛盾在《长生殿》里没有能够很好地统一起来。剧作中李、杨"占了情场"与"误了朝纲"的矛盾，只是作者探索人生哲理的一个外显层次，它的内在追

求是从这一对表面的矛盾中去挖掘内在的哲理蕴含，那就是忘我的爱情与其社会角色的矛盾是永远难以克服和弥合的。《长生殿》的思想内容从李、杨爱情主题的深化，从对现实社会的揭露，都反映了作者的进步思想，体现了洪昇垂戒来世的创作意图。

四、《长生殿》的人物形象分析

洪昇在《长生殿》剧作塑造了一系列的人物：皇帝、后妃、丞相、边将、宦官、神仙、乐工等，展现了唐朝开元、天宝年间朝政社会的广阔的生活画面。

（一）杨贵妃——"回眸一笑百媚生六宫粉黛无颜色"

杨贵妃是中国历史上一位美丽、性感的女人，凝脂细腻的肌肤、丰腴娇弱的体态、典雅繁复的服饰，使她像那高贵的牡丹花一样盛开在大唐盛世。作为

一个真实的历史人物，杨玉环很早就进入了文学领域，诗歌、小说、戏曲等许多艺术形式都反复塑造过这一人物。在《长生殿》里，杨玉环是唐明皇的爱妃，具有丰富的个性内涵。洪昇以其独到的特色处理为我们创造了一个多彩动人、丰满独立的文学典型。

杨贵妃以其美艳绝伦和多才多艺赢得了唐明皇的钟爱。

在古代社会，尤其是宫廷中的女子多以美色作为衡量自己存在价值的标准，也是她们用以提高自身处境和地位的有力武器；对于拥有最高权势的男子与绝色美女相结合，也自然被看做是最值得称羡的爱情模式。唐明皇和杨玉环就是处于这样的模式中，一个是位高权重的大唐天子，一个是美貌与才艺并存的风韵佳人。在《定情》一出中，唐明皇毫无避讳地直接说明："昨见宫女杨玉环，德性温和，丰姿秀丽。卜兹吉日，册为贵妃。"明白地显示出，杨玉环首先就是以其绝色美貌吸引了这位权势显赫、威风凛凛、处于统治集团金字塔尖的皇帝的目光。《春睡》中，杨玉环自述："奴家杨氏……性格温柔，姿容艳丽。温揩罗袂，泪滴红冰；薄试霞绡，汗流香玉。"宫女们看着装扮好的贵妃娘娘，不禁说"看了这粉容嫩，只怕风儿弹破"。《长生殿》中用大量华丽的语言、细腻的笔触，描画出杨贵妃柔媚的娇态。无论是始承恩泽"侍儿扶起腰肢，娇怯怯难存难坐"，还是晚妆新试时"似迎风袅袅杨枝，宛凌波濯濯莲花"；无论是沐

古代戏曲名著

浴时"轻盈臂腕消香腻，绰约腰身漾碧漪"，还是醉酒后"态恹恹轻云软四肢，影蒙蒙空花乱双眼"；无论是舞蹈时"逸态横生，浓姿百出"，还是休憩时"红玉一团，压着鸳衾侧卧"，杨玉环都以其绝代的风韵和花王牡丹般的雍容华贵，牢牢地吸引住了唐明皇的目光，抓住了唐明皇的心，使得六宫粉黛都大为失色，三千宠爱集于一身。

在《长生殿》里，杨贵妃无疑是美的化身，作者不但糅合了历代文人对杨贵妃外貌美艳的描画，又格外突出了她的聪明才智和文艺才能。唐明皇本身就是一个有着很高文艺造诣的风流天子，而杨贵妃的才情和智慧更成为她追求美好生活的王牌。杨贵妃夜闻"霓裳羽衣"之曲，为其清高宛转的韵律所震惊，醒来后便将音节无差地记录下来，重新拟定新谱。当唐明皇看到时不禁大为惊叹："好奇怪，这谱连寡人也不知道。细按音节，不是人间所有，似从天下，果曲高和寡。"并对杨贵妃的才气褒扬有加："妃子，不要说你娉婷绝世，只这一点灵心，有谁及得你来？""恁聪明，也堪压倒上阳花。"即使在"安史之乱"爆发之际，二人在园中花间游赏，杨贵妃轻启朱唇绣口，歌唱李白的《清平调》，唐明皇以玉笛相和。杨贵妃的音乐才华在历代后妃中是少见的，她不但通音律，更善歌舞。《舞盘》一出中杨贵妃一身飞上翠盘中"浑一似天仙，月中飞降"。更是博得了唐明皇真心的赞扬与怜爱。

杨贵妃高超的音乐舞蹈艺术修养让唐明皇为之倾倒，也使得她与唐明皇志趣相近，性格相似，都将彼此视为艺术知音和精神伴侣，引发了唐明皇超出帝王欲念以外的普通人的真情实感，为后来情节中情感的发展奠定了基础。

杨贵妃在温柔、娇弱中更显骄纵、悍妒的性格特点。

在封建社会，即使是在较为繁盛开放的唐朝，妇女的地位还是很低的，"在家从父，出嫁从夫""夫为妻纲"这些传统的观念是女子必须遵从的。杨贵妃不但是封建社会的女子，更是宫廷中的一个后妃。她的丈夫是皇帝，她的丈夫不仅是她的，也是其他嫔妃的。按理说，无论是从君臣还是从夫妇的角度来看，杨贵妃都应该对唐明皇百依百顺、唯命是从。然而事实上，杨玉环却在争宠、妒宠过程中显示出了她骄纵、悍妒的性格特点。

洪昇在剧作中花了相当大的篇幅去描述杨玉环对唐

玄宗周围其他女性的嫉妒、排斥，体现了她的骄纵、悍妒的性格特点。在争夺君王的爱情时，她对敌手是毫不留情的。《傍讶》中唐明皇因虢国夫人"淡扫蛾眉""天然无赛"之美而痴迷，可这"并头莲傍有一枝开"却使得杨贵妃怕夺了恩宠，大闹了一番，"娇痴性，天生忒利害""情性多骄纵"让杨贵妃吃了一回苦头，被遣送出宫，由于唐玄宗的思念才被复召。皇帝身边的美人又何止虢国夫人一个，即使杨贵妃已得三千宠爱，可又时时不免有"日久恩疏"的惊恐。《夜怨》一出担心唐明皇与梅妃旧情复燃，狠绝、骄纵地说："江采苹，江采苹，非是我容你不得，只怕我容了你，你就容不得我也！"《絮阁》一出中，杨贵妃仍不顾利害地到翠华阁去与梅妃争宠，还要将定情的钗、盒还给唐明皇。唐明皇慌忙遮掩、应付，也知她是"情深妒亦真"，再三赔礼认错，才哄得杨贵妃"领取钗、盒再收好，度芙蓉帐暖今宵，重把那定情时心事表。"

杨贵妃温柔、娇弱的性格使得唐明皇怜爱、着迷，可在后宫深苑中，骄纵、悍妒的性情也保证了唐明皇对她的专情和忠贞。

对唐明皇的忠贞与深情使得杨贵妃的形象更加光彩照人。

洪昇在《长生殿》将杨贵妃塑造成一个典型的以情为重的女子，她忠情、痴迷于唐明皇，为了得到唐明皇的专情，她勇敢地与其他嫔妃争宠，甚至以君王为重，为爱牺牲。

在七夕《密誓》一出中，杨贵妃深知自己所得天子的恩宠，六宫之中无人能及，只她想要的不是一时的贪欢与浮华。倘若他日唐明皇对她恩移爱更，自己一定也会像其他后妃一样，如居冷宫，独自凄然落泪。"若得一个久长时，死也应；若得一个到头时，死也暝。"她要的是唐明皇一生一世的爱恋。当唐明皇许下永不相离的海誓山盟，感动了杨贵妃，立下"今夕之盟，妾死生守之矣"的诺言。

"安史之乱"爆发，在马嵬驿，杨贵妃听到自己要被诛杀，否则御林军誓不护驾时，哭着说到"是前生事已定，薄命应折罚。望吾皇急切抛奴罢，只一句伤心话……"虽然心中有惊恐、有伤痛，但她着实不愿为难唐明皇。一句"痛生生怎地舍官家！"表达了杨贵妃所哭所伤为何，不为自己将死，而是舍不得唐明皇。她知道情势危急，唐明皇有心想救，可无力挽回，她心痛地跪下来，绝望地肯求道："臣妾受皇上深恩，杀身难报。今事势危急，望赐自尽，以定军心。陛下得安稳至蜀，妾虽死犹生也。算将来无计解军哗，残生愿甘罢，残生愿甘罢！"杨贵妃在生死关头是无私的，当她挚爱的人处境危险，贪恋生命，无法决择时，不是哀怜地求生，而为爱请死，以换取对方的安全和国家的稳定。一个柔弱的被人呵护的女子有如此慷慨赴义的胸怀和无畏奉献的精神是令人敬佩和感动的。可当她终于听到唐明皇那句放弃的话时悲痛欲绝。一句"妃子既执意如此，朕也做不得主了。高力士，只得但、但凭娘娘罢！"将杨贵妃积郁在心中的爱恨恩仇一下子迸发出来，声嘶力竭地叫了一声"万岁——！"哭倒在地。这一声呼唤有太多的悔恨、太多的痴怨、太多的不舍、太多的留恋。即使在临死前，杨贵妃放心不下的还是她的陛下。她嘱咐高力士道："高力士，圣上春秋已高，我死之后，只有你是旧人，能休圣意，须索小心奉侍。再为我转奏圣上，今后休要念我了。"体现了她对唐明皇心意的透彻了解和理解。这是何等的似水柔情，又是何等的情深意切。此外，她让高力士将唐明皇赐与她定情信物钗盒用来殉葬，表明了自己不忘钗盒之情的痴心，即使不能再与爱人卿卿我我地缠绵在一起，有钗盒相伴也就心满意足了。在生死抉择的时候，她念于君王，就是临死前要求的这两件事都是与她舍不得的"官家"相关。最后她对君王终难忘怀："我一命儿便死在黄泉下，我一灵儿只傍着黄旗下。"表达了即使死也不相忘的决心和超越了物质欲望的坚贞爱情，也完成了她美好形象的升华。

在此后的《情悔》一出中，杨贵妃虽然对自己的重重罪孽真心忏悔，可却明白地表达"只有一点那痴情，爱河沉未醒"。"敢仍望做蓬莱的仙班，只愿还杨玉环旧日的匹聘！"表达了自己死后仍不愿放弃对唐明皇的一片痴心，即使是不列入仙班，也宁愿回归昔日的生活，这种坚贞不渝和痴心不改使杨贵妃对感情坚贞专一、勇于牺牲的执着更加动人。

《长生殿》为我们展现了一个美艳绝仑、娇弱婉约、高贵典雅、能歌善舞的宫廷妃子的形象，她不仅有美艳的外貌、丰富的才情，更是对爱情执着和忠贞。可以说，洪昇笔下的杨贵妃形象的丰满、细腻是前所未有的。

古代戏曲名著

（二）唐明皇——"弛了朝纲，占了情场"

唐明皇是《长生殿》男主角，与其他的爱情故事不同的是，唐明皇的角色不只是一个丈夫，还是一个皇帝。他这种伦理和政治上的双重身份，决定了他爱情之路的曲折与不凡。

寄情声色　风流误国

作为寄情声色的皇帝，李隆基倦于政事，耽于安乐，"弛了朝纲，占了情场"，把国家陷于苦难的深渊。

李隆基开始对杨贵妃只是一种美色之恋，一种出于肉欲的肤浅之情。在《定情》中说道："愿此生终老温柔，白云不羡仙乡"，并直白地表示"近来机务余闲，寄情声色。""昨见宫女杨玉环，德性温和，丰姿秀丽。卜兹吉日，册为贵妃。"正是杨玉环国色天香的美貌，才激发了唐明皇的爱恋。作者虽然为了主题的需要将宫闱内的风流韵事加以美化，但在《定情》《春睡》《幸恩》《窥浴》中，我们仍能清楚地看到唐明皇所过的艳色靡乱的生活。"今宵占断好风光，红遮翠障，锦云中一对鸳凰。""爱他，红玉一团，压着鸳衾侧卧。""妃子，只见你款解云衣，早现出珠辉玉丽，不由我对你、爱你、扶你、觑你、怜你！"尤其是对杨贵妃体态容貌的细致刻画，"下金堂，笼灯就月细端详，庭花不及娇模样，轻偎低傍，这鬓影衣光，掩映出丰姿千状""轻盈臂腕消香腻，绰约腰身漾碧漪。""出温泉新凉透体，睹玉容愈增光丽。最堪怜残妆乱头，翠痕干，晚云生腻。"这细腻、委婉的语言描画出杨贵妃的艳丽、娇媚，显而易见的是唐明皇对杨贵妃容貌美、体态美的喜好。但即使是貌美丰腴的杨贵妃也无法占据唐明皇全部的感情。贵为天子，性本风流，《长生殿》中的唐明皇不满足专情于杨贵妃一人，经历了两次移情别恋，先是宠幸蛾眉淡扫的虢国夫人，后又对昔日喜爱的梅妃旧情复燃，虽然都以杨贵妃的胜利收场，唐明皇及时挽救了几乎夭折的感情，但抹不去的是封建最高统治者沉于情色的形象。

沉溺于爱情之中没有错，忠情于所爱之人也没有错。错就错在作为一代帝王，唐明

皇没有清醒地认识到他的所作所为，甚至是为爱的付出，都直接或间接地对社会生活造成影响。唐明皇与杨贵妃的爱情是在各种复杂尖锐的社会矛盾和政治斗争中展开的，剧中借人们的议论，直接、间接地将"安史之乱"与唐明皇的沉迷女色、昏庸误国联系起来。唐明皇为了博得妃子一笑，不惜敕令远在万里之遥的涪州、海南两地，每年用驿马贡送新鲜荔枝，贡使们日夜奔驰，沿途肆意踏坏庄稼、伤害人命，以致连驿吏们也不堪其苦，纷纷逃亡。唐明皇把自己的爱情建立在黎民百姓的痛苦之上，成为"安史之乱"的罪魁祸首。唐明皇因宠爱杨贵妃，赐杨家一门荣宠，三姐妹尽封夫人享尽荣华，生活在穷奢极欲之中，杨国忠拜为右相，专断朝政，纳贿揽权。应该说，唐明皇具有良好的执政才能，是一个有功绩的皇帝，"山河一统皇唐""真个太平致治，庶几贞观之年"，但"安史之乱"使他的功绩毁于一旦，成了历史上的罪人。

钟情所爱　至死不渝

在经历了种种波折后，唐明皇对杨贵妃的爱也逐渐发生了变化：从花心到专情，从肤浅的情色迷恋到深厚的真情实感，唐明皇也被塑造成帝王之家少有的钟情种子，他对杨贵妃至死不渝的浓烈深情感天动地。

《复召》一出，作者浓墨重彩地刻画了唐明皇失去了杨贵妃后懊悔、恼怒的心理。杨贵妃被唐明皇一怒之下遣走，"谁想佳人难得，自她去后，触目总是生憎，对景无非惹恨"。甚至连入朝谢罪的杨国忠他都觉得无颜相见，也无心饮酒听歌，想到高力士曾提起杨贵妃走时泪痕未干的面容更是寸心如割。端详着爱妃留下的青丝，想着往日枕边的香气，"肠断魂迷"。至此，纵使后宫仍不乏倾国倾城的佳丽，也抵不上一个杨玉环，那难以割舍的情感纠缠着这个痴情的大唐天子。自此以后，唐明皇不再只是沉迷于杨贵妃的美色，而是真心地赞美她的才艺，细心地呵护、怜惜她。《密誓》一出，唐明皇一洗其风流天子朝三暮四、喜新厌旧的本色，对杨贵妃真心相待。当杨贵妃表示担心唐明皇"恩移爱更"想得一个久长时，唐明皇坚定地说："朕和你焚香设誓去。"便温柔地携着妃子以双星为鉴，许下世世生生为夫妇的誓言。唐明皇对杨贵妃专一、纯洁而热烈的爱，使得牵牛和织女都为他们二人的真情所打动。即使在渔阳鼙鼓

"惊破霓裳羽衣曲"的国破家亡之时，李隆基仍是那么怜香惜玉，不愿吵醒刚刚入睡的杨贵妃，不忍她遭受舟车之苦。自从马嵬之变，唐明皇亲眼目睹了杨贵妃为他慷慨赴死后，对杨贵妃的思念日日倍增，他悲叹："是寡人昧了她誓盟深，负了她恩情广。"此时的唐明皇抛却了皇帝的外衣，以一个孤寡老人的面目出现。他痴痴地坚守钗盒之情，杨玉环在他的心目中也不再是一个徒有姿色、供其赏玩的女性，而是集美好品格和高贵情操于一身的女子。夜雨闻铃时他悲苦地说道："我独在人间，委实的不愿生。"祭奠杨贵妃的木像时，更是声声唤着"我那妃子啊"悲痛断肠。《见月》一出中"我想妃子既殁，朕此一身虽生犹死，倘得死后重逢，可不强如独活。孤独愧形骸，余生死亦该。惟只愿速离尘埃，早赴泉台，和伊地中将连理栽。"更是感人肺腑，表达了唐明皇对杨贵妃认真、炽热、专注的爱。

此外，唐明皇表现出的对御林军统领陈玄礼和叛军头目安禄山极端的愤恨，也从侧面烘托出唐明皇对杨贵妃的至深之爱，体现了作为痴心情种的一代帝王所具有的悲剧审美意义。

痛心忏悔　真心负罪

自杨贵妃缢死后，唐明皇对杨贵妃的刻骨相思主要表现在负罪意识的流露。他的负罪意识包括听信谗言、沉湎女色、昏庸误国等，但是他内心深处最突出的负罪意识是忏悔马嵬事变情急之时为贪恋王权的薄情负盟。

护卫的军队发生兵变，乱刀砍死杨国忠，威逼唐明皇处死杨贵妃。杨贵妃大义凛然，自愿请死。处死杨贵妃并非唐明皇本意，确实是无奈之举，可这无奈也是他为保全自己怯懦、薄情的行为。此后，忏悔之心时时伴随着他，且负罪意识随着时间推移而积淀愈深。"我当时若肯将身去抵搪，未必他直犯了君王。纵然犯了又何妨。泉台上倒博得永成双。""只悔仓皇负了卿，负了卿！我独在人间委实的不愿生。语娉婷，相将早晚伴幽冥。"痛彻心扉的追悔和刻骨铭心的相思使得唐明皇只求能快点死掉，好与爱妃在天上相见。最后如愿与杨贵妃在月宫相见，更是亲自诉说心中的忏悔："乍相逢执手，病咽难言。想当日玉折香摧，都只为时衰力软，累伊冤惨，尽咱罪愆。到今日满心惭

愧，诉不出相思万万千。"唐明皇对杨贵妃深深负疚之心赢得了双星的谅解，最后终于重补离别之恨，世居忉利天中。

　　洪昇善于对历史事件进行概括、提炼，他在戏剧冲突中刻画出了一个个具有鲜明性格的人物形象，除了唐明皇、杨贵妃这两个爱情故事的主人公外，还有穷奢极欲的贵戚，弄权误国的宰相，互相倾轧的权臣，趋炎附势的官僚，痛心疾首的志士，处于水深火热之中的人民等丰富多彩的艺术形象，使得《长生殿》更加丰富、完满。

五、《长生殿》的艺术特色

（一）结构严谨细致，情节曲折多变，经、纬双线紧密配合

《长生殿》长达五十出，各出剧目相互衔接，紧密结合，不时出现的伏笔照应更使得整个作品结构严谨细致，极见匠心，同时场次与场次之间苦与乐折

对照、庄重与欢愉场面的交错展开，笼罩着全剧的气氛也随着剧情的发展而变化等等，这些都使得全剧取得了强烈的戏剧效果。

全剧以唐明皇、杨贵妃的爱情故事为经线，以社会政治、朝政军国之事的发展与演变为纬线来结构全剧，内容非常丰满，两条线交叉延展，两种不同内容的戏剧场面交替进行，彼此关联，冷热相济。

虽情节错综复杂，但脉络却极其清晰分明，组合得紧凑而又自然，这样场面宏大的戏剧情节却不失精巧设置。在唐明皇、杨贵妃这条爱情主线中，作者又以富有象征意义的物件，即一对金钗和一只钿盒贯穿始终，而且每次出现都有不同的寓意，上半部开始是定情之物，马嵬坡殉葬是失盟的表现；下半部杨贵妃鬼魂把玩是写失情之怨，最后是用以证情，重圆结案。金钗和钿盒随着情节和人物命运的变化由合而分，由分而合，既使全剧的情节有着内在的联系，又体现了主人公悲欢离合的变化。与此主线相应的是，作者又巧妙地把宫廷内外的政治与社会生活情景相互交叉映衬，融为一体，使剧情既丰富多彩，又层次分明。经、纬两条线索互相穿插，自然而又紧密地扭结在一起，达到了波澜起伏又曲折有致的艺术效果，体现着"占了情场，弛了朝纲"的戏剧主旨。从而将传奇剧的创作推向了新的艺术高度。

（二）现实主义与浪漫主义相结合的创作手法

《长生殿》兼用了现实主义和浪漫主义的创作手法。一方面继承了《梧桐

雨》《浣纱记》的传统，通过爱情故事反映一代兴亡，在揭露和批判方面较多地采用现实主义手法；另一方面又继承了《牡丹亭》的传统，通过幻想的情节歌颂感天动地的理想爱情，显示出浪漫主义的特色。

大体上说，前半部采用的是现实主义手法，后半部分采用的则是高超的浪漫主义手法。上卷第二十五出《埋玉》之前写人间事，以写实为主，真实地描写了封建统治者荒淫腐朽、统治集团内部的争夺倾轧、人民群众的不幸遭遇，同时作者对封建统治阶级的昏庸腐朽、鱼肉人民的罪恶进行了揭露和批判，这些基本上采用的是现实主义的创作方法。下部《埋玉》之后多写仙界事，以幻想为主，通过幻想的方式，表现李、杨天上人间、生死不渝的爱情，抒情比重较大，主要采用浪漫主义的方法。作者虽然谴责了李隆基因宠爱杨玉环而致国事败坏，无法收拾，然而对他们两人的爱情悲剧却很同情。他写李隆基退位后对过去之事有所悔悟，在深宫中为思念杨玉环而无限痛苦。他让杨玉环的幽魂也知道忏悔，一直怀念上皇。由于这种深情，两人终于在月宫重新团圆。现实主义描写与浪漫主义表现前后辉映，使得上下卷各有侧重，但却有机地统一在一起。

洪昇还成功地创造了梧桐、霓裳羽衣、金钗钿盒、乞巧、银河等意象，为作品增添了浪漫色调。

"梧桐"是一种树，《诗经》中有："凤凰鸣矣，于彼高冈。梧桐生矣，于彼朝阳。"作为一个词是文学作品中常有的意象，唐代孟浩然就有"微云淡河汉，疏雨滴梧桐"的诗句；孟郊《烈女操》中有"梧桐相待老，鸳鸯会双死"。白朴的杂剧《梧桐雨》中有"是兀那窗儿外梧桐上雨潇潇"等。"梧桐"多象征着分离，与凄凉、离别之感相联系。《长生殿》这部爱情悲剧中多次出现"梧桐"这一具有独特意义的词。第二十二出《密誓》中，七夕之夜，唐明皇、杨贵妃在月下海誓山盟，更加深了彼此的感情，欲长相厮守。作者却在此埋下了伏笔，写道："秋光静，碧沉沉轻烟送暝。雨过梧桐微作冷，银河宛转，纤云点缀双星。"预示着离别。杨贵妃缢死马嵬坡正圆了"梧桐"的征兆。第四十一出《见月》中两支〔夜雨打梧桐〕的曲子，"霜般白，雪样皑，照不到冷坟台。好伤怀，独向婵娟陪待。蓦地回思当日，与你偶尔离开，一时半刻也难捱，何况是今朝永隔幽冥界。〔泣介〕我那妃子啊，当初与你钗、盒定情，岂料遂为殉葬之物。欢

娱不再，只这盒钗，怎不向人间守，翻教地下埋。〔叹介〕咳，妃子，妃子，想你生前音容如昨，教我怎生忘记也！""长生殿，曾下阶，细语倚香腮。两情谐，愿结生生恩爱。谁想那夜双星同照，此夕孤月重来。时移境易人事改。月儿，月儿，我想密誓之时，你也一同听见的！记鹊桥河畔，也有你姮娥在，如何厮赖！索应该，撺掇他牛和女，完成咱盒共钗。"何等的凄凉与伤感，也只有借助这雨夜中的梧桐才能这样深刻地表达出来吧。第四十五出《雨梦》多次使用"梧桐"意象，"西宫南内多秋草，夜雨梧桐落叶时""纷纷泪点如珠掉，梧桐上雨声厮闹。只隔着一个窗儿直滴到晓"等，将唐明皇晚境的悲凉和对杨贵妃的深切思念淋漓尽致地表达了出来，自然贴切地营造了一种悲剧的氛围，表达了作者对二人爱情悲剧的深刻同情。

"霓裳羽衣"在剧中二十多出中都有出现，形成了又一条纽带，贯穿全剧，它是李、杨悲欢离合的爱情见证，也传达出作者心中理想与现实冲突的感慨与悲哀。第十一出《闻乐》："携天乐，花丛斗拈，拂霓裳露沾。迥隔断红尘荏苒，直写出瑶台清艳。纵吹弹舌尖玉纤韵添，惊不醒人间梦魇，停不驻天宫漏签。"这似乎暗示"霓裳"将是人世间悲欢离合的见证。第三十九出《私祭》中，永新、念奴悲叹道："咳，'霓裳'一曲倒得流传，不想制谱之人已归地下，连我每演曲的也都流落他乡。好伤感人也。""言之痛伤，记侍坐华清，同演'霓裳'。玉纤抄秘谱，檀口教新腔。""蓦地相逢处各沾裳"。他们为杨贵妃和自己的遭遇深感悲切，也激发了霓裳曲见证之人的兴亡之感。第四十出《仙忆》中，已位列仙班的杨玉环接月主娘娘之命令交出霓裳新谱，却告知仙子"谱虽取到，只是还须誊写才好"。因为"字阑珊，模糊断续，都染就泪痕斑"。这一曲"霓裳"沾染的斑斑泪痕包含着李隆基对自己的恩爱，包含着自己浮云般的富贵荣华，包含了太多太多的无奈与辛酸。

（三）历史的真实与艺术的虚构相互依存

《长生殿》所关涉的李、杨的爱情、"安史之乱"以及相关的杨国忠、安禄山、郭子仪都是在历史上真实存在的。对于同一件事、同一个人，科学和文学的对待方式是不同的。科学要还原历史本来面貌，揭示事实真相；文学则允许在现实的基础上，在尊重历史的基础上，以作家的主观意愿表达自己的某种思想或情感。洪昇的《长生殿》在创作时，对历史加以艺术的加工，使其既真实可信，又具形象生动的美感。

例如，历史上的杨玉环在成为唐明皇的妃子前曾是寿王瑁的妃子，相传她和安禄山也有交往，这都妨碍杨玉环成为一个光洁的和温柔敦厚的艺术形象。洪昇为了在女主人公身上寄托自己的爱情理想，为了突出杨玉环形象的纯洁性，表现李、杨爱情的真挚，对史料进行了精心的加工剪裁，有意识地避免用有损于杨玉环形象的秽迹材料，使其不会对表现男女主人公的爱情有消极不利的影响，所以"凡史家秽语，概削不书""非旦匿瑕，亦要诸诗人忠厚之旨云尔"。从人物到故事，《长生殿》的作者都寄寓着自己的理想，本来可以有较多的艺术创造成分，作者却并没有用谴责的笔调来描写后宫之间后妃们的争宠吃醋；杨贵妃的死从咎由自取变成为爱、为国家的无畏奉献；唐明皇也从沉溺享乐的历史形象转化为以痴情感人为主的艺术典型；对于影响重大，对国家政治具有致命破坏性的李、杨的爱情寄予了深切同情，并让他们以美满的大团圆局面收场。杨玉环、李隆基这两个主要的人物形象融合了历史的真实与艺术的虚构，显示了作者高超的艺术技巧。

（四）曲词清丽流转，充满诗情画意，符合人物性格，极具形象性与抒情性

《长生殿》曲词典雅清丽，抒情性强，历来为人们所称道。作者继承了元曲的传统，吸收了其中丰富的语言艺术营养，化俗为雅，创造出生动活泼且又充满诗意的戏剧语言。此外《长生殿》的曲文较多地化用了唐诗、宋词中的名篇佳句，不失诗词曲语的典雅，形成清丽流畅、别具一格的语言风格。《长生殿》不仅注重语言本身的提炼，同时注意曲词本身与剧中情节人物的配合关照、水乳交融，具有浓厚的抒情性，善于融情入景的语言，形象地传达出人物的内心感情及心理活动，同时富于性格化和动作

古代戏曲名著

性，不同人物有不同的曲辞风格。如《闻铃》一出，运用诗歌中情景交融的手法，把唐明皇失去杨贵妃的复杂心理揭示得淋漓尽致，"朕与妃子，坐则并几，行则随肩。今日仓促西巡，断送她这般结果，教寡人如何撇得下也""只悔仓皇负了卿，负了卿！我独在人间，委实的不愿生"等明白如话，却又意境深远，"无边落木响秋声，长空孤雁添悲哽""对这伤情处，

转自忆荒茔。白杨萧瑟雨纵横，此际孤魂凄冷"等流转着诗意的悲伤。《弹词》一出中从金钗钿盒定情弹唱到銮舆西巡，低回深郁，曲曲动人。"破不剌马嵬驿舍，冷清清佛堂倒斜。一代红颜为君绝，千秋遗恨滴罗巾血"，这些唱词很好地把环境气氛与人物性格特征结合起来，充满诗意。"六转"一曲，更是大量运用了叠词和衬字的方法，曲词慷慨悲凉，节奏铿锵顿挫，达到了文情与声情的完美统一。

洪昇深通音律，又得到当时专门研究音律的徐麟的订正，所以《长生殿》在音律方面的成就一向受到曲家的推崇。全剧音律精工和谐，曲牌运用得体，前一折和后一折的宫调决不重复，曲调的选择都紧密配合剧情的变化，运用北曲、南曲的各种曲调，都有细致的安排，即使在一折剧中，对曲牌的安排也很注意。其中一些为人们传诵的折子如《惊变》《骂贼》《闻铃》等更能结合剧情的需要，运用不同的格调，酝酿环境气氛，突出人物性格特征。遣词用韵方面，字字审慎，真正做到了曲辞和音律俱佳，文情与声情并茂。

唐明皇与杨贵妃的故事已出现在许多文学作品中，洪昇的《长生殿》是这其中的佳作，也是戏曲中的上上之品。清代文人梁廷楠在《曲话》中评论道："钱塘洪昉思昇撰长生殿，为千百年来曲中巨擘。以绝好题目，作绝大文章，学人、才人，一齐俯首。自有此曲毋论《惊鸿》、《采毫》空惭形秽，即白仁甫《秋夜梧桐雨》亦不能稳占元人词坛一席矣。"三百多年后的今天，《长生殿》在昆剧界和戏曲界仍享有盛誉，是我国文化遗产中史诗性的文学巨著。

洪昇与《长生殿》